Lost and Found

完美替身

文◎安德魯・克萊門斯　譯◎周怡伶　圖◎唐唐

遠流出版公司

【推薦序】

我家也有雙胞胎

李偉文 作家

我家有一對就讀八年級的雙胞胎女孩，正如作者安德魯在書中所描繪的，當她們是小寶寶時，推她們出去散步，途中一定有路人停下來，彎下腰，驚呼著：「哇！你看！兩個一模一樣的寶寶！好可愛喔！」

作者在書中很誇張地用了一大堆不同的形容詞，來表現所有人（包括親戚朋友、不認識的人）對這對「活生生的玩具」的看法：真的好可愛呀、可愛到不行、可愛得受不了、小寶貝、小心肝、萬人迷……

其實，在雙胞胎小時候沒人能分辨出誰是誰時，也沒人真的在乎他們誰是誰。等他們長大一點，在各種表現上卻會不斷被比較，仍然像是被觀賞與實驗的對象，是別人茶餘飯後笑談的話題。

作者安德魯・克萊門斯以雙胞胎為主角，寫出一個非常真實且生動精彩的校園故事。其實雷伊和傑伊這對雙胞胎追尋自己存在的需求並不是特例，而是每一個進入青春期的孩子共同的課題。即便家裡沒有雙胞胎，家長該如何協助孩子找到自己獨一無二不同的生命價值，這才是作者真正的目的吧！

我家的A寶與B寶，從她們出生起，就沒有傑伊與雷伊的困擾，因為從小至今穿的衣服，大都是親戚朋友的孩子穿過的二手衣。她們在彼此協調選擇之下，也發展出不同的衣著品味，而且從幼稚園上學至今，我們也刻意讓她們讀不同的班級，有不同的老師與同學，就是讓她們有不同的生活圈，以獨一無二的自己與別人相處，而不是雙胞胎二人組的其中一個。

在家裡，我們也非常小心地在日常言語中避免將她們的行為表現作比較，或是用某個人來刺激另一個人。說實在的，這很不容易，我相信即便家裡的兄弟姊妹分屬不同年齡，父母親往往在有意無意間，一不小心就會犯了這個禁忌。

當孩子不必處處跟別人比，欣賞獨特的自己，並且知道父母與朋友在乎自己的特殊性，那麼無論他們有何天賦，人生際遇如何，都將更容易找到屬於自己的幸福，並體會豐富而美好的人生。

【推薦序】

老少咸宜的校園故事

兒童文學作家 陳木城

安德魯・克萊門斯果然是校園故事高手，在《完美替身》這本小說裡，他重施故技，緊緊抓住讀者的眼睛。

這一對受夠了被別人當做「兩個人是一個人」的雙胞胎兄弟，永遠都被別人指指點點。他們希望所有的人都能理解「兩個雙胞胎，本來就是不一樣的兩個人」。在一次轉學過程中，轉出的學校把兩個人的檔案放在一起，轉入的學校不察，把他們當作一個人，因此兩個孩子決定將錯就錯，矇騙家人和學校，兩兄弟輪流上課，享受不是雙胞胎，過著可以做自己的日子。

於是，這對兄弟就開始面對許多意想不到的威脅和壓力，例如：不被發現的壓力、一旦事跡敗露被抓包的壓力、功課銜接的壓力、同儕交往的人際壓力，還有兩個兄弟溝通協調的壓力、保守秘密的壓力。這些壓力使他們每天好像走鋼索一般，步步驚魂，緊張刺激，也使這個故事劇力萬鈞，引人入勝。這是一個深具張力的故事設計，也是一個嚴峻挑戰創作者的題材。

雷伊和傑伊兩兄弟輪流上學的實驗，本來以為可以免除「雙胞胎的壓力」，可以做自己，可是沒想到到了最後，不但無法做完完全全的自己，反而要學著裝成對方的樣子，甚至陷入一連串的謊言、罪惡和混亂的人際關係之中。故事看起來相當嘲諷，可是作者了不起的地方，不是嘲弄孩子，不是批判大人，也不是諷刺教育，而是在揭示問題之後，溫暖地提出解決之道。

好的小說經常是老少咸宜的。孩子覺得好玩有趣，這樣才讀得下去；而大人會覺得小說觸及的議題深刻，可以在故事中得到令人深思玩味的啟發。在這方面，安德魯・克萊門斯的確是校園生活故事的寫作高手。他在校園故事裡，找到了生活的文學，一種面對現實生活的敘述方式。

透過故事，我們可以更了解孩子的心靈，也因為了解孩子，可以讓我們在處理教育問題的時候，更具同理心，更有柔軟彈性，耐心地找到教育的出路。

名家完美推薦

（依姓名筆劃排序）

雙胞胎，長得一模一樣，卻是如假包換的兩個不同人。在他人面前，他們總是被圈在一起，統稱為「雙胞胎」。本書將打開讀者視聽，走進「雙胞胎」的異想世界，學習以全新的觀點和態度和這兩個人互動。

——貓頭鷹親子教育協會創辦人　李苑芳

「設身處地」、「易地而處」很難，極少有人能真正走進別人的生活，走入別人的世界去「當一個別人」。本書藉著幾乎無法區別的雙胞胎主角所遭遇的烏龍事件開始，引領所有的校長、老師、家長、學生讀者有機會去「當一個別人」，去看到每一個「唯一」

存在的個體都該有的獨立生活，獨特的喜、怒、哀、樂。想想，原來幾十萬的同齡孩子中，只有「那一個」才是自己的孩子或學生。或許如此一來，教育和養育會是一件更有趣且美好的事。

——台灣家長教育聯盟副理事長　**林文虎**

這世上有一群人，努力的想要擺脫另一個影子，不希望別人把他跟另一個人看成一體，那就是雙胞胎。真佩服作者的創作功力，讀他的書，你會馬上感受到他筆下的每個人物栩栩如生的來到身邊，讓你欲罷不能的隨著故事腳步前進。

——牙牙親子讀書會創辦人　**蔡淑媖**

1 新生點點名

傑伊・葛瑞森已經十二歲了，開學日對他來說，應該沒什麼大不了的，但是當他轉過街角，看見那一長排建築物，他得強迫自己繼續朝著學校前進。在這個九月的星期二早上，傑伊知道自己為什麼這麼緊張。他才剛搬來這個小鎮，第一天進入新學校，他是一個新生，而且，他哥哥今天生病待在家裡，所以整間學校裡他半個人也不認識。他必須獨自一人面對六年級開學的第一天。

傑伊的媽媽本來要陪他去學校報到。「媽，我又不是小小孩。」

他對媽媽這麼說。他說的沒錯。

於是他跟著一小群學生，走進塔福特小學的門口。傑伊告訴自己：「這樣不算很糟啦。」

他說很糟的意思是，在九個月前，也就是一月中的時候，他們全家搬到科羅拉多州的丹佛，他在五年級下學期轉入當地的學校。居然在下學期轉學！真是糟透了。比較起來，這次搬到俄亥俄州的克里夫頓，已經算是不錯了，至少趕在新學年開始前一天，他們搬進了新家。

克里夫頓看起來是個適合居住的地方。他們住的區域就在克里夫蘭這個大城市近郊。傑伊的哥哥抱怨說，這裡看起來舊舊的、有點沒落。不過，就是這點最吸引他爸爸。「要住就要住在這種還有改善空間的地方啦！」他爸爸說。

媽媽接著說：「這裡已經夠我們住一陣子了。說不定過個一、兩年，我們就能搬到更好的地方，住更大的房子。」

傑伊的爸媽在克里夫蘭市的一家保險公司上班，這是他們夫妻倆頭一次雙雙外出工作。以前，媽媽只有在孩子們上課的時間兼個差，但從今年開始，他們都做全職工作了。對傑伊兩兄弟來說，放學回家沒人在，是種不一樣的體驗，不過他們已經說好兩兄弟一定要一起回家，而爸媽會在晚餐時間回來。爸媽的辦公室離家只要十五分鐘車程。

只要一家人晚上能聚在同一個屋簷下，傑伊並不在乎住哪裡；再說這個新地方看起來不差。

學校看起來也還不錯。昨天下午他們開車經過這裡，傑伊發現最棒的是，塔福特小學距離他家只有三條街。這表示上學放學都不必排隊等校車，只要動動雙腿，走路去學校就行了。在這個九月的涼爽早晨，傑伊從家門口走到校門口，只花了十二分鐘。

走進學校大門，傑伊開始找導師的教室。他循著指標往六年級大樓，看到右手邊有一幅大布條寫著：「如果你是六年級，姓氏開頭字母是A到L，這就是你的教室！」另外還有一間六年級教室，是給姓氏開頭字母M到Z的學生[1]。

教室裡的桌子上貼了姓名條，傑伊找到自己的名字。接著他把背包卸下來，坐好。他看到新導師正在教室裡慌亂地四處準備著。她是藍老師，名字用漂亮的書寫體寫在黑板上。她給人的感覺還不錯，不太老，也不會太年輕；不太嚴肅，也不會浮躁。傑伊聽到她跟學生說話的聲音，聽起來很順耳，既不尖銳，也不會嬌滴滴的。

傑伊往四周看看，發現藍老師的教室裡堆滿了書。每個窗台上都放了一堆書，每面牆壁都是書櫃。另外還有一個閱讀區，裡面有抱枕和懶骨頭沙發，兩邊各有一個從地板到天花板高的書櫃。雖然傑伊不是那種嗜書如命的書蟲，不過他經常看書，有時候會同時看兩、三本書，所以這間教室很合他的意。

有人拍他的肩膀一下，他轉頭看到那個人笑著對他說：「我看到你的名字了。可以叫你傑伊嗎？」

傑伊笑著點頭。「好啊。」那個人的肩膀很寬，有一頭金髮，還有一雙傑伊看過最藍的眼睛。

他說：「我叫亞力。你五年級不是唸這間學校吧？」

傑伊說：「我們昨天才剛搬來。從科羅拉多州來的。」

---

❶傑伊的姓是葛瑞森（Grayson），姓氏字母開頭為G，所以被編入A到L開頭的教室。

亞力還是微笑著，傑伊注意到，他有一顆門牙斷了半截，這讓他的嘴型看起來怪怪的。

亞力發現傑伊在注意他的牙齒。他說：「打曲棍球的時候弄斷的。我媽說，帶我去補也沒用，除非我不打曲棍球，但那是不可能的啦。球隊裡都叫我『兩齒仔』。」他說著說著，故意噘起嘴唇只露出兩顆上門牙。傑伊覺得這個綽號還挺適合他的。

傑伊想問他溜冰場在哪裡，不過鈴聲響了，廣播中立刻傳來校長的聲音。校長先歡迎大家，然後宣布了幾件注意事項，最後帶領大家宣讀〈國旗忠誠誓詞〉❷。

廣播結束，老師看著大家，微笑著說：「我想，你們大概都認識我，我是藍老師，很高興見到大家。你們升上六年級了，所以現在是塔福特小學裡最大的學生囉。我和另一班六年級的導師會盡全力幫助你們做好上中學的準備，所以這會是很棒的一年。現在你們都找到自己的座位了，希望每天早上的導師時間，你們都能坐在同一個位子上，直到我記住你們的名字為止。因為導師時間只有八分鐘，所以我們在唸完誓詞後就開始點名。當你聽到你的名字，請舉手喊『有』！」

老師看著手上的座位表，開始點名。

「莎拉・亞頓？」

「有！」

「譚雅・亞華特？」

---

❷ 美國公立學校的小學生每天第一節上課前，都要宣讀國旗忠誠誓詞（Pledge of Allegiance），誓詞內容是：「我宣誓效忠美利堅合眾國的國旗和它所代表的共和政體。在上帝庇佑下的國家不可分割，人人皆享有自由與公義。」

「有！」

「萊恩・貝特曼？」

「有！」

「凱莉・貝勒米？」

「有！」

藍老師依照姓氏開頭的字母順序一直往下點名，大概叫了十幾個名字後，她點到：「傑伊・葛瑞森？」

傑伊回答：「有！」

接下來她點到：「亞力・格瑞曼？」

亞力就坐在傑伊旁邊，他回答：「有！」

傑伊挺直背，差點要舉起手來，因為藍老師弄錯了，她一定是弄錯了。她怎麼沒叫到哥哥的名字？

以前每次只要按照姓名順序來點名，老師點到「傑伊・葛瑞森」之後，接著一定就是「雷伊・葛瑞森」。每一次都是這樣，先是傑伊，然後就是雷伊，從不例外。

因為傑伊和雷伊不是普通的兄弟，他們是雙胞胎。

2 一號與二號

這兩個男孩的出生時間前後只差了六分鐘，先是葛瑞森寶寶一號，再來是葛瑞森寶寶二號。有些雙胞胎長得有點像，有些長得很像，有些則一點都不像。也有些雙胞胎看起來就是一模一樣，像是豌豆莢裡的兩顆豆子、池塘裡的兩隻鴨子、抽屜裡的兩支湯匙，一模一樣。葛瑞森家的兩個寶寶就是屬於這種雙胞胎，完完全全一模一樣，除了寶寶一號的腳踝上有個淺色模糊的小痣之外。

葛瑞森家庭的媽媽和爸爸叫做蘇珊和吉姆，他們覺得一次擁有兩個孩子很不錯，一夕之間，他們家的人口就多了一倍。而當他們知道兩個寶寶都是男孩，感覺也很棒啦，雖然蘇珊和吉姆心裡都希望是一男一女，不過，兩個寶寶出生時既健康又強壯，這才是最重要的嘛。這兩個新手爸媽真是開心極了。

事實上，他們是高興到頭昏眼花，有點像剛坐完雲霄飛車的感覺。在寶寶出生兩小時後，他們一人抱著一個，笑得合不攏嘴。生了兩個這麼可愛的兒子，實在是太奇妙了！

接著，一名護士走進來說：「你們想好名字了嗎？還沒啊？好。離開醫院以前寶寶必須有名字，所以趕快想吧！」

這對爸媽一邊笑，一邊想，想到一個又一個名字。因為這兩個寶寶實在長得太像了，他們忍不住幫寶寶們取個很相似的名字。兩小時後，他們簽好出生證明，寶寶一號名叫雷伊，寶寶二號叫做傑伊；雷伊的中間名是傑伊，傑伊的中間名是雷伊。就在他們出生的五個小時之內，葛瑞森雙胞胎的名字決定好了，一個叫做雷伊・傑伊・葛瑞森，另一個叫傑伊・雷伊・葛瑞森。

一從醫院回到家，整個家族陷入拍照狂熱中。爺爺、奶奶和外公、外婆都在家裡等著，他們興奮到不行。葛瑞森奶奶說：「你絕對不敢相信，這兩個小小寶貝有多可愛，可愛到要冒出糖蜜了，他們是天底下最甜最可愛的小東西！來來來，把寶寶抱起來，過來這邊，靠近窗戶一點，這樣我才能看清楚他們的小臉蛋。逗一逗寶寶讓他們同時笑啊！」「喀嚓！喀嚓！喀嚓！」

蘇珊的媽媽，也就是荷登外婆說：「來來來，我的寶貝小外孫啊，快把醫院舊舊的白色包巾換掉，換上這兩條藍色包巾，是新的喔……來，一人一條。好啦，這樣不是好看多了嗎？蘇珊，妳抱一個；吉姆，你抱另一個，你們兩個去站在那張桌子旁邊……兩個人靠近一點……再靠近一點……好！」「喀嚓！喀嚓！喀嚓！」

大約兩週後，親友們開始寄來成雙成對的嬰兒衣物。爺爺、奶奶、外公、外婆、姑姑、叔叔、阿姨、舅舅，還有姑婆、姨婆、舅公、叔公、伯公，外加所有表兄弟姐妹和堂兄弟姐妹，每個親戚都爭先恐後加入賀喜雙胞胎寶寶的行列。

小水手裝寄來了，小超人睡衣寄來了，再來是全套的小牛仔行頭、小棒球裝、火車駕駛小帽子、小連身褲、小背心，還有小內褲、小拖鞋、小涼鞋，以及小牛仔靴。每樣東西都是成雙成對，就像這兩兄弟一樣。

每個寄衣服來的人都說：「要記得把他們穿這衣服的樣子拍下來寄給我喔。照片後面要寫上誰是誰，因為我根本分不出來！」

雷伊和傑伊穿一樣的衣服，梳一樣的髮型，這對雙胞胎看起來可愛極了。他們真的好可愛，可愛到不行、可愛到受不了、可愛可愛可愛！而且，他們相似度百分之百，讓人完全分不出來。

當媽媽或爸爸用全新的雙人推車推他們出去散步，途中一定會有路人停下來，彎下腰，驚呼著：「哇！你看！兩個一模一樣的寶寶！好可愛喔！」

旁邊的人一定會附和說：「對啊，對啊！好可愛喔！」沒錯，他們就是超級可愛、無敵可愛、令人無法拒絕的可愛。他們可愛到讓人想咬一口，讓人忍不住想摸摸他們的頭、捏捏胖嘟嘟的臉頰，可愛到每個人都忍不住拿出相機來拍照。

白天小睡時間、晚上睡覺時間、洗澡時間，甚至吃飯時間，爸媽都得靠著檢查腳踝上的痣來再次確認。因為右腳踝上有顆痣的是

雷伊。「雷伊右腳有痣、雷伊右腳有痣……一定要記起來……雷伊右腳、雷伊右腳……」

這是為什麼呢？因為，絕對不能叫錯。每次要叫雷伊的時候，不能叫成傑伊；要叫傑伊的時候，就不能叫成雷伊。再怎麼說，總不能連他們自己都搞不清楚自己的名字啊！在蘇珊和吉姆的內心深處當然知道，這對幾乎一模一樣的雙胞胎寶寶，其實是不一樣的兩個人。或者說，他們會慢慢變成兩個不一樣的人，總會有這麼一天……就是在他們長大的那一天吧。

這對雙胞胎到了學走路的年紀，蘇珊‧葛瑞森還是繼續讓他們穿同款式的衣服。這樣買衣服比較容易，而且是雙倍的容易。也就是說，只要這款買兩件、那款也買兩件，這種買兩個、那種也買兩個，就成了。

同款式的衣服也讓穿著打扮變得很簡單，而且是雙倍的簡單。不用花腦筋搭配，只要這個寶寶穿這款，另一個寶寶也穿這款，省得麻煩。等雙胞胎兄弟再長大一點，給他們穿得一樣的話，那就表示他們無論穿哪件上衣、褲子、襪子、鞋子都不必吵架。

接著，他們到了該去上學的年紀。

這對雙胞胎立刻就成為幼稚園裡的名人，大家都覺得他們很特別、很可愛、非常非常可愛。老師們也很喜歡他們兩個，他們是小寶貝、小心肝、小可愛、萬人迷。

這兩個小男生的個子比同年級孩子來得小一點。他們有褐色的直髮、明亮的褐色眼珠，他們害羞地笑起來時，右邊臉頰同一個位置都有個酒窩。當然，沒有人能分辨出他們誰是誰。

他們的同學馬上發明出一種叫名字的方式，他們要不是叫「雷伊還是傑伊」，就是叫「傑伊還是雷伊」。有些同學才不管三七二十一，只挑一個名字叫，然後等著對方糾正說：「不，我是雷伊。」或「不，我是傑伊。」

有些同學根本就不猜了，他們只說：「嗨！」或是「嗨……你們好。」

葛瑞森雙胞胎對於要一直糾正別人叫錯他們名字這件事，已經感到很厭煩。他們不想再看到同學眼裡投射出的疑問眼神，就連老師也每次都表現出一副「呃……你是哪一個？」的表情。所以上了二年級，雷伊和傑伊不再穿同樣的衣服。

為了幫助大家叫對名字，他們都這樣穿：雷伊不管穿什麼，在上衣、褲子或棒球帽上一定有紅色，而傑伊呢，他就盡量穿藍色的衣服。所以穿紅色的是雷伊，穿藍色的是傑伊。「以色辨人」這個辦法，對那些真的想知道他們哪個名字配哪個人的同學來說，真的有幫上一點點忙。

但其實沒有多少同學真的在乎，沒幾個人真的想同時和雷伊或傑伊交朋友。因為，誰能一次交到兩個新朋友呢？而且如果你只想跟其中一個做朋友，那你要挑哪一個？要是你真的跟雙胞胎其中一個變成好朋友，會不會讓另一個覺得被拋棄了？

有時候，同學們也覺得雷伊和傑伊似乎不需要朋友，因為他們已經是兩個人，可以互相做伴啊。好朋友有時候會到對方家裡一起過夜，而雷伊和傑伊，就像天天一起過夜的一對好朋友。

事實就是這樣……或者說，幾乎是這樣。雷伊和傑伊當然是最好的朋友，但他們並不是自己選擇對方做好朋友的。打從出生的那一刻開始，另一個人就已經隨時在旁邊了。他們長得一樣、說話方式一樣、笑起來也一樣；他們坐同一張桌子吃飯、睡同一個房間、搭同一班校車、在同一間教室上課。而且，幾乎沒有人分得出他們誰是誰，除了雷伊和傑伊自己之外。

五年級的時候，這種搞不清楚誰是誰的狀況更加嚴重。就像二月份那一次，當時他們住在科羅拉多州，雷伊在他家附近街道上走著，有個八年級的傢伙跑來找麻煩，把他推到地上一灘泥濘的雪水裡，還搶走他的書包，把裡面的東西全倒在地上說：「誰叫你上週拿雪球丟我！」這話聽起來似乎是一報還一報，可是，朝他丟雪球是傑伊，不是雷伊。

去年四月那一次，在學校走廊上有個女生突然往傑伊手裡塞了一張紙條。他整整過了三天才搞清楚，原來那個女生是對雷伊有意思，不是對他。

最糟的一次是在五年級下學期。傑伊打算拼命在數學這一科爭取高分。他做好每份作業，用功準備每次考試，甚至還交出每週一次的額外加分作業。結果，在學期末的成績單上，傑伊的數學得到的是C，雷伊卻得了A^{+}。原來是數學老師把他們的名字和成績搞混了。雖然後來有更正錯誤，可是傑伊感覺很不好，覺得自己那光榮的一刻好像被耍了；雷伊也不開心，他覺得自己是因為傑伊的好成績才出名的，而這已經不是第一次了。

到了八月，他們滿十二歲，雷伊和傑伊已經受夠做別人眼中的「那對雙胞胎」。他們不想再被拿來比較，卻又一點辦法也沒有。

如果你在他們前一所學校裡問一位同學說：「傑伊怎麼樣？」這位同學可能會聳聳肩，表示不知道。或者有些人會說：「傑伊？他……他跟雷伊長得一樣。」

如果你問：「雷伊是你的朋友嗎？」同學也會聳聳肩。或者有些人會說：「當然啊……我是說，我想他應該是我的朋友，因為我跟他們兩個是朋友，他們人都很好。不過呢……我分不出來他們誰是誰，除非其中一個生病沒來上學。」

這就是目前所發生的事。在這個沒人認識他們的地方，俄亥俄州的克里夫頓，傑伊上了六年級。開學第一天，傑伊的雙胞胎哥哥雷伊生病沒去上學。

這是件好事。應該吧。或許是。

3 消失的名字

開學第一天的導師時間，傑伊沒去問藍老師為什麼沒叫到雷伊的名字。傑伊心裡想：「媽媽可能有打過電話說雷伊要請病假。可是……為什麼我後面那個位子不是空著的？」有太多事情要想了，於是傑伊先讓這個疑惑溜過去。

藍老師發下每個人的上課時間表，傑伊的腦袋馬上就被一堆疑問佔滿。例如說，他要如何在這間新學校找到上課的教室？還好第八節語文課是在藍老師的這間教室，那其他科目的上課教室呢？他完全不清楚。

這時亞力對他說：「我們的教室幾乎都在這棟六年級大樓裡，而且我們的課幾乎一樣喔！」

他真是幫了個大忙。第一堂課的鈴聲響起，傑伊跟著亞力走到數學教室。

「佩爾老師，」亞力的聲音從傑伊的身後傳來，他說：「聽說她很嚴格。」

接著，數學課開始，老師開始點名。還是發生同樣的事。

「傑伊‧葛瑞森？」

「有！」

「亞力‧格瑞曼？」

「有！」

沒有點到雷伊・葛瑞森。

傑伊心裡還是這麼想：「所有老師都知道雷伊今天請病假。」所以之後當美術課和社會課老師都沒有點到雷伊的名字，傑伊就不在意了。

一、兩個小時後，傑伊打開他的便當袋，發現媽媽黏了一張紙條在便當盒上。應該說是兩張紙條，兩張疊在一起。媽媽在第一張紙條上寫著：

傑伊，請把下面這張紙條拿去辦公室給學校秘書。

第二張紙條上則寫著：

傑伊的雙胞胎哥哥雷伊今天發燒請病假。

蘇珊・葛瑞森　敬上

午餐之後是第七節體育課，所有六年級的男生在體育館集合。傑伊迅速瞄一下柏登老師硬夾板上的學生名單，六年級所有男生的名字都在上面，照字母順序排，可是……沒有雷伊・葛瑞森。

這時傑伊才感到不對勁，他想著：「這是怎麼回事？」

不過，在這開學的第一個星期二，傑伊沒有向任何老師提起這件事。他沒有說：「嘿！你知道嗎？我有個雙胞胎哥哥喔。」傑伊也忘了把媽媽寫的字條交給學校秘書。其實他是臨時起意，而且故意忘記的。

因為傑伊知道，雷伊星期三應該會來上學，到時勢必又將引起一陣騷動，所有人會開始談論他們兩個竟然長得一模一樣。接下來就是被比較，然後被指指點點。他們所到之處將會傳來陣陣驚呼聲和竊竊私語。

通常還有人會嘲笑他們。以前讀的幾間學校，總是有那種長相兇惡的大塊頭故意裝幼稚地說：「噢，看看這對小雙胞胎……好可愛，對不對？」

傑伊決定今天不要和他的雙胞胎哥哥有任何關聯，只要今天就好。因為自己一個人實在是個很不錯的體驗，簡直是棒透了！他不會再跟另一個人長得像、談吐像，連走路和笑起來的樣子也像。就在這一天，傑伊・葛瑞森不再是雙胞胎之一，只是他自己。他就是一個普通的小孩、只有他一個人長這個樣子。整整一天做這樣的自己，感覺真好！

傑伊從學校走回家，由廚房的門進入房子。一到了客廳，他往沙發裡一癱。

葛瑞森太太請假留在家裡照顧生病的雷伊。她和先生在樓上布置了一個小辦公空間。這時她往樓下喊著：「傑伊，是你嗎？」

「對，」他喊回去：「我回來了。」

「歡迎回家，寶貝。開學第一天怎麼樣啊？」

傑伊喊著說：「好啊，很好。」

「等我寫完這幾封電子郵件就下樓準備點心，你再告訴我學校裡發生的事，好嗎？」

傑伊回答：「好。」

他的雙胞胎哥哥雷伊正躺在電視前的沙發中，手上拿著一把尼龍弦的吉他，撥弄著幾個和弦。雷伊停止彈奏，看著傑伊，揚起眉毛問：「怎樣？」

傑伊說：「什麼怎樣？」

「學校怎麼樣？」

傑伊聳聳肩說：「不錯啊。」

「是怎樣不錯？」雷伊說。「老師呢？老師看起來怎麼樣？」他又彈了幾個音。

雷伊的吉他彈得不錯，這讓傑伊有點煩。雷伊才學了六個月呢，而且他還很會唱歌。

傑伊說：「什麼叫老師看起來怎樣？你是想要知道有沒有老師是摔角選手嗎？沒有！也沒有老師是賽車選手，沒有電影明星。他們是老師，就是老師！大部分是女的，少數是男的，就只是……老師。他們教導學生。而我說學校不錯的意思是，每件事看起來都像在學校裡會做的那樣，就和我們過去六年上的每間學校一樣！」

雷伊不理會他話中的嘲諷語氣，繼續問：「女生呢？」

傑伊點點頭，眼睛卻看著電視。「有啊，學校裡有女生啊。」

「有沒有不錯的？」雷伊一邊說，一邊在吉他上彈幾個音。

傑伊說：「雷伊，你聽好，明天你自己去看，可以嗎？你自己決定哪一個女生長得不錯，還有老師人怎麼樣，或是學校餐廳的菜有沒有臭掉。這裡有人好不容易放學了，打算坐著好好看個電視，不想再回答問題了！」

「好！」雷伊說：「當我沒問過。」

「我會當你沒問過。」傑伊說。

雷伊又說：「好，你繼續看電視。學校的事你最好都別講！」

「可以啊。」傑伊說。

雷伊說：「好。」

傑伊說：「那你現在可以閉嘴了吧？可以不要彈吉他嗎？」

傑伊假裝全神貫注地盯著電視上播出的老西部片，剛剛雷伊也在看這部。不過，其實傑伊心裡有罪惡感，因為他是故意不跟雷伊說學校裡的事。

說實在的，雷伊說出了傑伊心裡的感覺。傑伊真的想把這一整天的經過都暗藏起來不說。他不想分享今天學校裡的事，因為那是屬於他的，只屬於他一個人。

傑伊不說，還有一個原因。他不想被迫承認他喜歡自己一個人在學校，而且過得十分愉快。

真的很愉快。在學校裡，他很享受那種不再是雙胞胎的感覺，真的很喜歡。這種感覺他不想跟雷伊說，因為那好像是一種背叛，幾乎像是不懷好意的心態。

於是傑伊一個字都沒說。

話說回來，雷伊也很享受今天一整天不用當雙胞胎。從科羅拉多州搬到俄亥俄州可真是一大段車程，他只能被關在小廂型車的後座，在週末的車潮中塞得動彈不得，而且整趟路都必須和傑伊一起。所以雷伊雖然生病了，卻覺得今天可以在家休息一天真棒。幾乎整整八小時，他可以完全自己決定要做什麼，不必和另一個人討論，沒有任何一句不中聽的話，不會有另一雙眼睛不停觀察自己，不用和另一個人吵要看哪個電視節目，不用搶遙控器，也沒人抱怨他彈吉他。況且午餐時間，雷伊可以一個人獨吞家裡僅剩的六片巧克力夾心餅，沒有一人一半這回事。這一天實在是太棒了。

晚餐時，雷伊的感冒好多了，不過他假裝病得更重。他明天還是不想起床，不想去新學校，不想承受身為雙胞胎而被人談論的壓力。所以，不需要咳嗽時他還是繼續咳，草草吃了幾口飯菜，就把碗推開，連巧克力冰淇淋也沒吃就說：「我想去躺一下。」

這招有效。星期三，雷伊又可以待在家中，他暗地裡高興著。同時，傑伊又再次一個人走過三條街到學校，他也暗自竊喜。

4 超厚檔案夾

第二天上學，傑伊提早到學校，先去遊戲場晃晃。有不少人在那裡了，他馬上就認出亞力的一頭金髮。傑伊走過去，說：「嗨，亞力！昨天我本來要問你，你們曲棍球隊在哪裡練習？」

亞力回說是在克里夫頓新蓋好的市立溜冰場，離他家只有一公里半左右。「那裡的場地很讚喔，球隊聯盟有幫忙募款，所以我們買了一台新的地板磨冰機。」接著，亞力問傑伊說：「你有在玩曲棍球嗎？」

傑伊搖搖頭。「沒有。只有在冬天玩玩湖上曲棍球而已。」傑伊差點接著說：「不過我雙胞胎哥哥雷伊很厲害喔，他一定可以參加球隊的。」這是真的，溜冰是雷伊比他厲害的一個運動項目，可是傑伊沒有說出口，他不想談到任何關於他們兄弟的事。他換個話題，問亞力最喜歡哪本書。這個話題沒持續多久，後來改聊起卡通《辛普森家族》，一直到上課鈴聲響，大家才排隊進教室。

導師時間，藍老師還是沒有叫到雷伊的名字。傑伊也注意到了，可是他沒有多想。幾分鐘後，他瞄到老師桌子旁的椅子上放著一箱檔案夾，箱子上面貼的標籤是：六年A班學生檔案。傑伊的好奇心一時升起，因為老師每節課都沒有叫到雷伊，這實在太奇怪了。不過導師時間一結束，他得趕快跑到下一堂課的教室。

傑伊喜歡數學，也喜歡這位新的數學老師。佩爾老師是那種絕不囉唆、不喜歡浪費時間的人。她一上課就快速檢討了昨天開學抽考的題目，接著在兩分鐘之內就把課本發下去。她說：「我們要直接接來上因數分解。這很重要，以後你們要做方程式會比較容易，容易很多，所以別抱怨了。現在翻開課本第七十二頁，第一題。誰還記得怎麼找出這幾個數字的因數？」

傑伊馬上舉手，同時也有五、六位同學舉起手來。他沒有被老師叫到。不過到了第五題要找質因數時，他是唯一舉手的人。他站在黑板前，示範一種五年級時學過的方法。

佩爾老師點點頭，說：「有誰可以解釋一下傑伊的做法嗎？」

傑伊回到座位上，有個女生舉起手。他轉頭去看她。

老師點個頭，那女生說：「他的方法有點像是直式除法，一層一層的。」

老師再次點頭。「沒錯，瑞秋。他把每個數字一直除，除到只剩質因數。質因數的定義是什麼，傑伊？」

老師停頓一下，再問一次：「傑伊，質因數的定義？」

傑伊還在看著瑞秋，她坐在窗邊第一排。

他趕緊把頭轉向佩爾老師，說：「質因數，就是只能被它自己和1除盡的數。」

傑伊的臉發燙了，因為他很確定每個人都看到他在盯著那個女生，不過課程馬上繼續進行，沒人有空去想別的事，全班都趕緊注意下一題。即使如此，傑伊還是偷偷朝著窗戶那邊瞄了幾眼。

數學課下課後，傑伊跟一個高高的、頭髮淡褐色的男生聊天，他叫做詹姆士。過兩堂課後是午餐時間，詹姆士在餐廳看到傑伊，招手叫他過來一起吃，同桌的還有詹姆士的幾個朋友。接下來是休息時間，他們一起到遊戲場活動，和另一群男生打了一場籃球。

在籃球場上，傑伊的個頭最小，不過他能迅速移動，而且控球很穩。有兩次進攻時，他在內場巧妙地傳球給詹姆士，讓高個子詹姆士投籃得分。傑伊打籃球的賣力程度，讓其他同學印象深刻，這時他突然意識到，雷伊不在身邊。

傑伊知道，雷伊在許多運動項目上的表現並沒有他好。每次他們在同一隊打球時，其他人都看得出來。在科羅拉多州的少棒聯盟就是如此。傑伊是明星外野手，而且是打擊率排名第三的打者；而雷伊呢，什麼都不是。傑伊從來沒有坐過冷板凳，至於雷伊，傑伊只能為他感到遺憾，因為他知道，每個人都會不由自主拿他們兩個做比較。不過今天的情形可不同了。不必去想這些事真的很愉快。

鈴聲響起，男孩們一起走進教室，這時有人聊到冬季奧運賽，傑伊也加入這個話題，和詹姆士談到去年冬天在丹佛經歷的一場超級暴風雪。

傑伊差點要說：「我和我哥雷伊在後院用雪堆了一座超級堅固的堡壘！」不過他沒說。他不想談到關於家庭或兄弟的事，尤其是雙胞胎這件事。他不想跟詹姆士說，也不想向任何人提起。

今天是開學第二天而已，傑伊覺得他終於能夠自己交朋友了，而且到目前為止都沒有人問：「你是哪一個？傑伊還是雷伊？」

但奇怪的是，仍然沒有任何一個老師提到雷伊的名字。傑伊心想：「這有點像偵探故事裡的情節——雙胞胎失蹤事件。」

所以在下午的語文課，傑伊偷偷查探了一下。他早上看到的那個學生檔案夾還在藍老師的桌上。

這堂課要做一份文法複習單，雖然傑伊並不需要找老師幫忙，但是他假裝不會做，這樣就可以到老師桌邊排隊。他站在那裡，小心地偷瞄他的檔案夾。檔案夾封面是天藍色的，而且是箱子裡唯一一本藍色的，標籤上清楚印著他的名字：傑伊・雷伊・葛瑞森。

那麼，標著「雷伊・傑伊・葛瑞森」的檔案夾呢？沒看到。完全不見蹤影。

傑伊還注意到一件事。他的檔案夾看起來特別厚。事實上，那個天藍色的學生檔案，比別人的檔案夾厚兩倍。

傑伊突然靈光一閃，他明白為什麼老師們點名時，都沒有叫到哥哥的名字。

下一瞬間，靈光再次閃現，傑伊知道該怎麼做了。

5 達成共識

「你瘋了！」

星期三下午，雷伊對傑伊這麼說。

開學第二天，傑伊回到家後，告訴雷伊關於學生檔案夾的事，也就是說，他們兩個人的資料被塞在同一個檔案夾裡，而且是傑伊的檔案夾。

「所以呢，學校等於沒有你這個人的記錄！」傑伊說著，眼睛睜得好大，眼神流露出滿滿的興奮。他好不容易才把音量降到最低，以免在樓上的爸爸聽到他們的談話。今天換爸爸留在家裡照顧裝病的雷伊。

傑伊說：「他們以為我們只有一個人，所以，我們之中只有一個人必須去上學。我已經計畫好了，一定會很棒的！我們必須這麼做，雷伊，我們一定要這麼做！你難道不明白嗎？」

雷伊哼了一聲，說：「我只知道有個人完全瘋了。這樣當然很好玩，但是你也知道，我們一定會被抓包的。到時候怎麼辦？」

傑伊說：「那……那我們頂多被帶去校長辦公室，然後可能被吼個兩句，爸媽可能會氣個兩天吧，也可能再被禁足幾週。那又怎樣呢？你記得三年級那次的事吧？在遊戲場，肯尼・馬區把你推倒在地上，我們一起揍了他的那件事？我們後來被拉到校長室去，也沒什麼大不了的，不是嗎？」

雷伊搖搖頭：「那一次我們是保護自己。那個小子會欺負人，每個人都知道。而這次呢？這就像是……像是說謊一百萬次。每次一有人見到我，就會說：『嗨，傑伊！』我也回說：『嗨！』這不就是說了一次謊？還有，媽要是問說：『今天學校怎麼樣？』你明明沒去，卻回她說：『很好！』這不是又說了一次謊？就這樣沒完沒了。等最後我們被抓包，一定會有人指著我們的鼻子問：『你們到底為什麼要做這種事？』」

傑伊說：「如果那樣，我就會說：『我們這麼做是因為……這是一個實驗，因為我們想要知道一個人的感覺是怎樣。我們不想總是當雙胞胎裡的一個，不想總是被指指點點。』」傑伊停了一下，又接著說：「再說，那個學生檔案又不是我們弄丟的，那是學校的錯，不是嗎？」

雷伊翻了翻白眼。「這理由有夠爛的，把錯都推到學校頭上。難道你要哭著說：『嗚……當雙胞胎好可憐，都沒人了解我……』真是爛藉口。」

「喔，」傑伊說：「那你喜歡像以前那樣，沒有人分得出我們誰是誰，是嗎？」

「不喜歡啊，」雷伊說：「可是……」

傑伊打斷他的話。「別再可是了。雷伊，你想想看，每隔一天你就可以留在家裡耶！可以做你想做的事。輪到你去學校的時候，你就完全是你自己。你真的要試試這種感覺，雷伊。我沒有惡意，可是，在學校裡不當雙胞胎，真的很棒！」

雷伊做了個鬼臉。「只是學校裡每個人都會以為我是你啊！」

「嗯，」傑伊說：「是啦……這有點像是你隱形了。可是如果你做了什麼蠢事，誰會被笑呢？傑伊・葛瑞森。你就像是拿了免死金牌一樣。」

「別傻了，」雷伊說：「我還是會像個笨蛋，要是被抓包……我是說我們被抓包的那一天，別人會因為我答應了這件事，就覺得我是笨蛋加三級，因為我居然假裝成我瘋狂的雙胞胎弟弟。」

「才不會咧，」傑伊說：「你會被認為你很像那個英俊瀟灑、聰明伶俐又多才多藝的雙胞胎弟弟。」

「哈哈，好好笑喔，」雷伊說：「可不可以不要再討論了？」

傑伊瞇起眼睛、身體向前靠。「所以……雷伊・葛瑞森不想讓雙胞胎兄弟消失一、兩週，不想嘗嘗只有一個人的滋味？」傑伊停住，又說：「雷伊・葛瑞森不想交新朋友，不想……做自己？」

這對雙胞胎看著彼此，看了好久。真像在照鏡子一樣。傑伊知道雷伊在想什麼，也知道雷伊要講什麼。

「好吧，」雷伊說：「我加入。」他挑起眉毛說：「但是我只試一天，了解嗎？」

傑伊也挑起眉毛，點點頭說：「你什麼時候想停，我們就停。」

雷伊說：「還有，明天要換成你裝病在家……」

「……這樣我們兩個都不會有麻煩，」傑伊接話：「以防學校有突發狀況。太好了！不會有什麼問題啦！我告訴你，學校裡沒有人知道有雷伊・葛瑞森這個人。」傑伊把右手伸出來，「所以……就這樣說定囉？」

雷伊點點頭。「說定了。」

葛瑞森兄弟握了握手。

6 獨一無二

星期四早上，開學第三天。導師時間唸完誓詞後，藍老師像之前一樣點名。點過十幾個名字後，她叫到：「傑伊・葛瑞森？」

有人回答：「有！」

這個答「有」的人，並不是傑伊，而是雷伊。

雷伊毫不費力就找到置物櫃，轉開密碼鎖，拿出課本，找到導師的教室。他腦袋裡有一張清楚的地圖，每個地方他都找得到。塔福特小學完全就像傑伊告訴他的一樣。

和亞力聊到曲棍球的時候，雷伊覺得快活極了。他一點也不覺得怪，一點也不害羞，一點也不緊張。新學校、搬新家？一點問題都沒有。雷伊發現，傑伊把開學前兩天的工作做得很好，就像個替身做完所有危險的事，接著讓電影明星登場好好地玩。

導師時間後，有個頭髮淡褐色的高個子對他笑，跟他打招呼。「嗨，傑伊！」雷伊也對他笑，打個招呼說：「嗨，詹姆士！」詹姆士的樣子就跟傑伊形容的一樣。

不過，第一堂數學課倒是出現一個意想不到的狀況。這讓雷伊聯想到他們收集的星際大戰人偶。他和傑伊經常把這幾個人偶的頭摘下來換來換去，創造出新的角色。如果把波巴・菲特的頭裝在路克的身體上，就創造出波巴路；或者把莉亞公主的頭裝在丘巴卡的身體上，就創造了丘莉亞。而現在，在學校裡，就好像是在傑伊的身體裝上雷伊的頭。讓這個新角色去上數學課，實在不太妙。

老師開始檢討功課的時候，雷伊真的快跟不上了。當他們來到第六題，佩爾老師注視著他，說：「傑伊，昨天你的質因數分解做得很好，我還把那題留在黑板讓下午數學課的同學看看呢。現在請到前面來，做這一題給大家看。」

雷伊吃了一驚，臉上雖然微笑著，可是已經快昏倒了。他根本就不會做。這時他只好使出他的機智與魅力，這一點是傑伊無法超越他的。

雷伊臉上掛著一抹淺淺的微笑，開口說：「老實說，我覺得我這樣太自私了。班上一定還有人也會做，今天該換別人上台了。」這幾句話讓全班同學哄堂大笑，連老師也微微一笑呢。佩爾老師點點頭，說：「嗯，聽起來很公平。」她改叫別人上台。

整堂數學課，雷伊花了好大的力氣跟上課程進度。此外，他甚至已經習慣大家用弟弟的名字來叫他。畢竟從他一出生開始，幾乎他碰過的每個人都曾經叫他傑伊，包括他們的爸媽。

下課後，雷伊經過走廊，和新同學打了招呼，和老師說了幾句話。第三節的美術課要對著一瓶乾燥花素描。他環視著充滿陽光的美術教室，突然意識到一件事：整個學校，沒有一個人知道他是雙胞胎裡的一個。在這個時刻，他是獨一無二的。

從他有記憶以來，這是他第一次這樣看待自己。獨一無二，和其他人完全沒有關聯，這實在讓他震撼不已。十二年來，雷伊只要出現在公眾面前，幾乎都和傑伊在一起，所以雷伊清楚知道自己是雙胞胎之一，也一直都知道別人是這樣看待他，是二人組的其中一個，就是二分之一，「葛瑞森雙胞胎兄弟驚奇巡迴秀」的一員。

雷伊明白傑伊說的話了。在學校裡，不當雙胞胎是個超棒的經驗，而且到目前為止，為了獲得這個經驗，值得冒險。

更何況今天還沒有什麼冒險。或者說，雷伊還沒有看到有任何危險之處。傑伊形容的那個裝學生檔案的箱子，就是放在藍老師桌子旁邊、裡面有個兩倍厚檔案夾的箱子，今天早上不見了。雷伊很確定那些檔案現在應該已經送回辦公室，接下來的一年都會被收藏在抽屜櫃或壁櫥裡。而雷伊・葛瑞森……那裡面沒有他的檔案。

雷伊不太喜歡這樣。他感覺被抹去、被遺忘，他的名字就這樣被一筆勾銷？沒錯，這樣才能使今天的經驗成真，他也因此非常興奮。可是，雷伊有種說不清楚的感受，一直持續到午餐後的第一堂課──自然課。

上課的艾伯特老師分配了實驗桌的同組夥伴。傑伊・葛瑞森和梅麗莎・羅林斯分在同一組。雷伊發現，他就坐在這輩子見過最漂亮的女生旁邊。

這個女生還對他微笑。

那個微笑真是燦爛啊。而且梅麗莎看來沒有隱藏自己的感覺，她似乎覺得他……很有趣。並不是因為他有個雙胞胎兄弟才覺得有趣，僅僅是因為他個人，他，雷伊，有趣。

可是……這個女孩以為他叫做傑伊，所有人都這麼認為。

不過突然之間，梅麗莎以為他的名字是什麼已經不再重要。重要的是她的微笑，她對他放射出來的笑容，只對雷伊・葛瑞森。不管她怎麼叫他的名字，坐在她旁邊的人就是他本人，是雷伊。

老師在實驗室前面忙著。梅麗莎靠向雷伊，小聲地說：「你剛搬來克里夫頓嗎？」她又笑了一下。

雷伊點點頭說：「才搬來四天。」

「你喜歡這裡嗎？」她問。

他笑著點點頭：「愈來愈喜歡了。」

雷伊並不是在開玩笑。

自然課結束後，雷伊覺得梅麗莎・羅林斯絕對會是他六年級校園生活中最重要的一部分。

在家裡，傑伊和媽媽講電話。這是媽媽第三次打電話來確認他的身體狀況，因為這天爸媽都出門工作了。

「我覺得還好啦，媽。真的。我確定明天可以去學校。」

「寶貝，這樣很好。嗯，我們大概五點到家，掛掉電話後，請你去冷凍庫拿一包牛絞肉出來好嗎？我們今天晚上吃義大利麵。」

「好的，媽，沒問題。」

「雷伊，聽我說，我不希望你上課進度落後，所以等傑伊回到家，一定要跟他拿作業，馬上開始做，好嗎？」

傑伊說：「好。」

「很好。待會兒見，雷伊。我愛你。」

「我也愛妳，媽。」

掛掉電話之後，傑伊算了一下今天總共對媽媽說了幾次謊。算到十五次後，他算不清楚了。

7 一團混亂

星期四下午三點二十七分，雷伊才剛把鑰匙從廚房門的鑰匙孔拔出來，傑伊就等在那裡了。他一開口就是一大堆問題。

「怎麼樣？我說的沒錯吧？今天很開心吧？有沒有交到新朋友啊？很棒吧？這學校不錯，對不對？」

雷伊笑一笑。「就跟你說的一樣。感覺好像我以前從來沒去過學校，每件事都很新鮮。」

「你喜歡詹姆士嗎？」傑伊問：「他人很好。午休的時候你有沒有跟他一起出去玩？」

雷伊點點頭。「有啊，我滿喜歡他的。還有另外那個，紅頭髮那個是誰？」

「是不是叫尚恩？」傑伊說。

「對，就是尚恩。他人也很好，午餐時他說了很多笑話。」雷伊說。他看到廚房的桌上亂七八糟。「你一整天都在幹嘛？」

傑伊笑一笑。「看了幾個電視節目，睡了一覺，下載最新的滑板遊戲，吃午餐，玩電玩，一直玩到大拇指開始痛，看完一本書，又拿一本新的來看，吃點心，又睡了一覺。今天真是樂翻了。」

雷伊皺起眉頭。「社會科作業呢？古代文化那份作業啊？下星期三要交。你有沒有讀資料？今天上了傅爾頓老師的課，我覺得他應該是給分很嚴的那種老師。」

傑伊聳聳肩說：「放心啦，多的是時間。而且你記得嗎？我今天生病耶。學校裡還有什麼好玩的事？」

「沒什麼了，」雷伊說：「除了……認識一個女生，下午上自然課的時候。」

傑伊裝出一副很吃驚的樣子，但其實他沒有。因為雷伊總是很容易認識女生。「又來了，女生喔。才第一天去上學，我們雷伊就認識女生了，哼哼……所以你有點喜歡這個女生囉？」

雷伊笑開了。「對啊，有一點。」

「哈，」傑伊說：「她叫什麼名字？」

「梅麗莎，她跟我同一組。我覺得她也有點喜歡我。」

傑伊說：「你是說，她有點喜歡我們，對吧？」

雷伊笑不出來了。「不，她喜歡的是我。我！」

「沒錯啊，」傑伊說：「她喜歡的是新的同組同學……傑伊‧葛瑞森。」

雷伊三秒鐘就把傑伊抓起來，將他的臉壓在廚房冷冰冰的磁磚地板上。

「她喜歡的是我！懂了沒？我！」雷伊緊咬著牙，從牙縫間迸出這些話。「不准你破壞這件事，知道嗎？」

「好啦好啦！」傑伊說：「我保證不會讓她看到我在挖我們的鼻孔。」

雷伊把傑伊的手臂往後轉。「不好笑！」

傑伊擺動雙腿，調整全身重量，用另一隻手撐起來，三秒鐘之內，換成雷伊的鼻子貼在地板上。每次只要開始動手動腳，這兩個雙胞胎都會拼個你死我活。

因為全身使力，傑伊一邊喘著氣一邊說：「如果這個女生喜歡你，她也會喜歡我，所以你不必擔心，我們是一國的。只要讓我知道你們什麼時候要開始接吻就好，我總得先做好準備嘛。」

雷伊掙扎著，但是掙脫不開。「傑伊，我要殺了你！」

傑伊說：「也許有那麼一天吧，但不是今天。聽好啦，我只是跟你開玩笑的，可以了吧？我開玩笑的啦，我會好好表現給這個梅麗莎看，你的梅麗莎。停戰了吧？停戰。」

雷伊點點頭，說：「停戰。」

兩個男生分開，一起坐在廚房地板上，背靠背，喘著氣。

一分鐘後，雷伊說：「喂，我覺得一天就夠了。我的意思是，也許星期五我再裝病一天，換你去學校，如果你想去的話。可是下星期一，我們兩個都要去上學，讓學校辦公室的人知道他們漏掉一個學生了。因為現在我生病在家，而你忘記把媽的字條給學校，這是目前為止所發生的事。然後星期一我們去學校，等我的檔案被找出來，就可以結束了。這樣好不好？」

「那麼……」傑伊說：「到了星期一，我們就重新演出以前每年都會發生的戲碼——雙胞胎。『嗨，大家好，我們是雙胞胎兄弟雷伊和傑伊。』這就是你想要在星期一做的事。對吧？」

雷伊沒有馬上回答，所以傑伊繼續說，而且謹慎地選擇用詞。「如果是我，我會再玩一陣子。因為這實在……太有意思了，而且很好玩。更重要的是，這……這是種全新的感覺，做自己。你想想看，等高中畢業後，假如我們上了不一樣的大學，我們才會是自己一個人，可是那還要等很久很久。而這次呢，這次馬上就可以做到。難道你不覺得今天真的很有趣嗎？」

雷伊說：「當然有趣啊，而且我也喜歡一個人的感覺。可是這一定會被拆穿的，一定會。到時候，砰！我們兩個會死得很慘，很慘很慘。」

「應該不會很慘啦，」傑伊說：「可能是普通慘而已。但是可以得到這一切，我還是覺得很值得！」

他們仍然坐在地板上，背靠背，像一對書擋那樣。

「我不確定，」雷伊說：「這實在很……很混亂。比如說，作業、朋友，還有其他一些事。」

傑伊說：「你的重點是那個女生吧？」

雷伊聽出傑伊的話裡帶著嘲笑意味，所以他用手肘戳了一下背後的弟弟。

「不只是那個啦，」雷伊說：「我的意思是，每件事！每件事都很混亂。」

「這樣吧，」傑伊說：「我們再試一個星期看看，到下星期五就好。然後我們去自首，我們就說很抱歉，解釋原因，解釋每一件事，接著再回來當雙胞胎。再試試看嘛，好嗎？再一個星期，到下星期五為止。」

雷伊說：「你瘋了。你知道嗎？你真的瘋了。我雙胞胎弟弟發瘋了，徹底瘋了。」

一陣長長的沉默，傑伊沒再說什麼。

接著，雷伊開始笑了。「我呢，我可能更瘋，因為我明知道你有多瘋，還跟你一起瘋，這表示我比你嚴重，而且嚴重得多。來吧，這兩位是雷伊和傑伊，地球上最瘋狂的雙胞胎兄弟。下星期五？到時我們將是人類史上最悽慘、被處罰得最可憐的雙胞胎。」

「可能吧。」傑伊說。他站起來，彎下腰去拉雷伊。他握著雷伊的手，開心地笑著說：「不過我跟你說，這會是很棒的一星期，以後我們一定會記得。或許是這輩子最棒的一星期喔。」

「而且是最混亂的一星期。」雷伊說。「喂！有什麼吃的？你全都吃光了喔？我需要吃點東西啦！」

「有一大堆吃的啊，」傑伊說：「你需要食物來補充腦力。媽打電話回來時，叫我……就是叫你啦！叫你等我一回來就要開始寫作業，這樣明天去學校才能跟上進度。因為你告訴她，哈，我的意思是說，我告訴她你今天已經比較好了。所以呢，你今天要做多少作業呀？」

「我？」雷伊說：「才不要呢，是你要做作業，一大堆作業。不照規矩來的話，我就不玩了。規矩就是：在交作業那一天去學校的人，就要負責做作業。明天是我休假，你去學校，所以由你做作業。還好我今天抄了筆記，比你昨天抄的好多了！數學課那個因式分解啊，簡直快讓我死掉了。今天我帶回來的作業你最好好好寫，這樣我才會好好寫你帶回來的作業，等到星期一換我去學校，我代替你去交我寫的作業。」

傑伊說：「好啦，來吃東西了，細節我們再談。兩顆腦袋一起寫作業，總比一顆腦袋來得強吧？」

雷伊一邊打開冰箱，一邊回頭看傑伊說：「這我可不敢確定。」

8 不用上學

星期五在導師時間開始前一小時，雷伊和傑伊起床、沖澡、穿衣服、整理床鋪、吃早餐、帶便當、拿書包、跟爸爸媽媽親吻道別，然後往學校前進。

不過，雷伊繞到別的地方去了。

一出了廚房的門，雷伊蹲低躲到窗戶底下，飛快穿過灌木叢，迅速轉過牆角跑到房子後面，打開車庫的後門溜了進去。

前一天下午，他們兩兄弟趁爸媽還沒回來時，在舊車庫裡花了一些工夫。這間車庫只有一個車位，裡面還堆滿一落落的紙箱，都是搬家後還沒拆封的。兄弟倆把這些紙箱東挪西移，重新疊放，圍出一塊大約四平方公尺的空間，好像在蓋愛斯基摩人的冰屋那樣，只不過是用紙箱取代了冰塊。他們在裡面放了一張塑膠椅、一支手電筒、幾本漫畫書，還有iPod，裡面下載了幾首雷伊想學的歌，外加五、六本傑伊喜歡看的書。

星期五早上，雷伊一進入車庫就手腳並用爬到紙箱旁。他先挪動一個箱子，把書包丟進去，再把自己塞進這個與世隔絕的秘密基地裡，然後將開口那個箱子挪回來擋好。他在一片漆黑中瞎摸，終於摸到那張椅子，小心地把它拉近，坐上去。

接下來就是等待。他關掉手電筒，幾乎不敢呼吸，只聽到自己胸口中的砰砰心跳聲。

過了像十小時那麼久的十分鐘，雷伊聽到爸媽走出來，關上房門。他聽到兩邊車門打開，然後關上；他聽到爸媽那台舊舊的小廂型車發動，開走了。

雷伊從秘密基地爬出來，把紙箱挪回去擋住開口，躲在門邊看外面是否已經安全。接著他打開車庫側邊的門，這裡有一條通往廚房的走道，他三步併兩步跑過去，用鑰匙開廚房的門進入屋裡。

到了客廳，雷伊馬上四肢攤開躺在沙發上，吃著今天的第二碗早餐穀片。他打開電視轉了幾台，發現經典電影台有一部老偵探片正要開始。電影台總共有四部片輪流播放。這部電影才播了十五分鐘，他就呼呼大睡，頭枕在沙發的抱枕上，吉他就在身邊。

大約一小時後，雷伊醒過來。電影正演到一個戴著寬邊帽的刀疤男，舉著一把大型機關槍向跑車掃射。雷伊打了個哈欠、伸一伸懶腰、滿足地微笑，然後又閉上眼睛。他心想：「嗯，生命真是美好，我會習慣這一切的。」

輪到他待在家的第二天，雷伊開始有一種感覺。很久很久沒有這種感覺了，他覺得能當雙胞胎真是太棒了。

不過，他又開始打盹時，忍不住想著學校裡會發生什麼事。窩在家中當然很棒，但是學校裡才有更多有趣好玩的事。絕對是。

9 告訴雷伊

傑伊不知道該怎麼辦才好。今天星期五，第一堂是數學課，有個女生衝著他笑，那不是瑞秋，並不是前天評論他做因式分解的那個女生。這是另一個女生，更可愛，而且還對著他微笑。

他也想對她微笑。他心想：「她大概是梅麗莎吧，雷伊昨天認識的那個。」他又想：「對她笑應該沒關係吧？可是……萬一她不是梅麗莎怎麼辦？」

他吞了一下口水，眼光從她身上轉向旁邊的布告欄，假裝沒有在看她。

傑伊真希望他在佩爾老師點名時有注意聽，這樣就可以記住大家的名字。他也希望雷伊描述梅麗莎時能再具體一點。「如果我也對她笑，而她卻是另一個可愛女生，這樣會搞砸雷伊的好事。如果她真的是梅麗莎，而我對她笑，要是她下課跑來找我講話，我……我要說些什麼呢？」

跟女生講話不是傑伊拿手的項目。說到和女生相處，雷伊的確稍微勝出，只不過傑伊絕不會在他面前承認這點。但這是事實，雷伊一向知道要怎麼跟女生講話，要如何打情罵俏、開開玩笑、讓談話保持輕鬆有趣。女生好像都喜歡這一套。在科羅拉多州時，五年級下學期最後一個月，雷伊好像還交了個女朋友。

傑伊和雷伊一樣對女生有興趣，甚至更有興趣。可是傑伊喜歡保持安全距離來欣賞女生。午餐後的自然課，他就能確認梅麗莎的廬山真面目了，也許到時候他就知道該跟她說什麼好。

接下來整堂數學課，傑伊都一直盯著課本和習作簿，還有佩爾老師複習代數運算法的投影片。

的確，傑伊必須專心上課，這樣才能在回家後把這些都教給雷伊。因為雷伊對付數學，不像面對女生那樣有辦法。

快下課時，傑伊抄了下星期一要交的數學作業。在同一頁上，他寫著：

記得問雷伊，數學課坐在窗戶旁邊第三排的第二個女生，是不是他說的梅麗莎？

接著他又把這些字句塗掉，他想：「真笨，我等到自然課不就知道了嗎？」

於是他又改寫下：

告訴雷伊，數學課坐在窗戶旁邊數來第三排的第二個女生如果不是梅麗莎，但是卻對他笑，他也必須對她親切一點。

不過傑伊又把這些字句塗掉了，因為他知道，不管這女生是誰，雷伊一定會因此嘲笑他。

數學課一下課，為了避開跟這個不知名女生接觸的機會，傑伊火速離開數學教室，和詹姆士一起走去上音樂課。

詹姆士好像認識每一個人，每個人好像也都喜歡詹姆士。跟這麼一個廣受歡迎的人交朋友，對傑伊來說是全新體驗。

他們站在音樂教室門口等著上課鈴響。詹姆士說：「嘿，去年你住在科羅拉多州的時候，有踢過足球嗎？」

傑伊點點頭：「有，踢過幾次。」

這是真的，尤其是那個「幾次」。傑伊只有在體育課的時候踢過那幾次足球。

詹姆士說：「我們學校有個六年級足球隊，嗯，其實它比較像是社團，不像球隊啦。尚恩也有加入。帕內老師，就是音樂老師啊，他是我們的教練。他很厲害喔。因為你跑得很快，所以我想你應該可以擔任不錯的位置，甚至可以當前鋒喔。第一次的練習時間，你應該來看看。」

傑伊很高興，因為詹姆士注意到他跑步很快，而且還被邀請加入足球隊。管它是社團還是球隊，都可以啦。一堆男生一起踢足球？應該會很好玩。

於是傑伊微笑著點點頭說：「好啊，我會去，應該很棒。」

鈴聲響了，他們找位子坐，傑伊打開作業簿，寫下：

告訴雷伊，他要假裝喜歡踢足球。

這天下午，就在第六節課之前，他知道哪個女生是梅麗莎了。

他站在自然教室門口，對照著實驗桌座位表。第九桌，就在窗戶數過來第三排，後面數過來第二列。坐在第九桌的那個女生讓雷伊好驚訝，而且是雙重的驚訝。

第一，她不是今天數學課一開始對他笑的那個女生，好險。第二，這個女生並沒有多漂亮啊？依照雷伊所形容的，傑伊還以為他會看到一個美若天仙的梅麗莎，可是，他並不這麼認為啊。他心裡想：「她只算有一點可愛而已，我沒看錯，真的。」

傑伊在第九桌坐下，這個女生轉頭過來，給了他一個溫暖的笑容。可是傑伊並不覺得很特殊，一點都不。

不過傑伊還是對她微笑，因為他知道雷伊要他這樣做。他打招呼說：「嘿……嗨！」

梅麗莎說：「嗨！我很喜歡你這件襯衫。」

「喔，」傑伊說：「嗯……謝謝，我……我也喜歡妳的襯衫。對啊，很好看。」傑伊點點頭。雖然他知道自己不用再多說，不過他覺得還是繼續講下去比較好。「穿襯衫不錯，」他說：「尤其是藍色的，就像妳穿的這一件，因為……這是件藍色襯衫嘛，對不對？」她點點頭。傑伊說：「我想它是藍色的沒錯……對，藍色的襯衫，真的很棒。對啊，藍色的。」

梅麗莎的笑容還在，不過她的眼神變得黯淡，頭也低了下來。她的樣子有點像是低下頭看蟲子在地上爬的一隻狗。

傑伊以前曾看過女生這樣低著頭，就是以前他試著跟女生講話時，那些女生的反應。

在傑伊再度聊襯衫之前，艾伯特老師開口解救了他。「好，請大家安靜。第一個實驗的學習單已經放在你們桌上，我已經把詳細步驟寫在裡面，主要是在複習這個科學實驗。你們所需要的器材都在教室後面的長桌上，同一組的同學可以互相討論，但這不是聊天時間。開始動手吧，請注意，最後要留五分鐘清理桌面。」

接下來，紙張翻動，椅子腳的輪子在地板上滾動，同學們開始在教室裡面走來走去。雖然剛剛艾伯特老師說過這不是聊天時間，但一陣陣小小的聊天聲還是充滿整間教室。

傑伊簡直像是被冷凍了一般，不敢移動身體，也不敢再跟他的夥伴說一個字。

梅麗莎主動出擊。她說：「來，拿著這張單子，去拿我們需要的材料，好嗎？」

傑伊點點頭。「好啊，好主意。」他把椅子往後挪，衝到教室後面和其他同學一起擠著拿材料。他回來之後的三十五分鐘裡，第九號實驗桌上的交談僅止於自然科學，完全只有談到上課的事。

下課了，傑伊很驚訝梅麗莎收東西的速度超級快，而且頭也不回地離開，沒有笑容，也沒有說再見。

傑伊在他的作業本寫下：

告訴雷伊，他要讓梅麗莎相信傑伊不是個豬頭。

他心裡想著：「下星期一，雷伊可要忙翻天了。」

10 交換身分

「嘿，今天是星期五，是我們搬來俄亥俄州的第一個週末耶！我們先去購物中心吃披薩，看個電影，然後再幫你們買雙新的運動鞋，好不好啊？」爸爸說。

雷伊和傑伊的爸媽剛下班回家。爸爸的提議無論是哪一個六年級男生都不會拒絕。可是在回答之前，兩兄弟快速交換了一個眼神，腦袋裡的無聲警報響起。他們兩個這時候才意識到，原來這份「不當雙胞胎」的工作，一整天都不能休息。

因為如果在學校假裝沒有雙胞胎兄弟，就得在其他地方也假裝沒有才行，尤其是在星期五晚上的購物中心。同學們可能會出現在各個地方，說不定還會遇到老師呢。

不到一秒鐘的時間，兩兄弟已經明白其中的風險，他們快速交換的眼神中說著：「我們敢去嗎？」

雷伊用表情對傑伊表示：「不行！」

傑伊卻開口說：「聽起來很棒，爸爸。我們馬上準備出門。」

雷伊跟著傑伊上樓走進房間，他一關上門就捶傑伊的手臂。

「喂！」傑伊說：「幹嘛打我？」

「打你這個白痴！購物中心裡可能到處都是同學耶！」

傑伊說：「拜託，放輕鬆一點好嗎？我早就想到辦法了。」

雷伊看著傑伊打開衣櫃最底下的抽屜，拿出一件紅色的連帽運動服。

「那是我的，」雷伊說：「放回去。」

傑伊搖搖頭。「你別說話，看就好。」

他脫下在學校穿的衣服，套上那件紅色連帽運動服，然後又到櫃子裡拿出一頂聖路易紅雀隊的棒球帽，這也是雷伊的。他把帽沿壓得很低，幾乎蓋到耳朵，又從衣櫃旁抓了一副雷伊的仿名牌太陽眼鏡戴上，然後再把衣服上的帽子拉起來蓋在頭上。

「看到沒？」傑伊說：「今天晚上在購物中心，我們要讓爸媽以為我是你、你是我。如果我們碰到同學，他們會以為我是你的朋友，是他們不認識的朋友。雖然你等一下要當『傑伊』，但要是碰到梅麗莎，我就不用假裝是你了。我知道梅麗莎的事還沒那麼快有進展，可是如果她今晚也在那裡，你要留給她一個好印象才行。」

「這是什麼意思？」雷伊說，他的眼睛瞇了起來。

傑伊還沒有告訴雷伊今天自然課跟梅麗莎之間發生的事。他說：「嗯，今天的自然課，我這個本尊，表現得沒有像冒牌傑伊那麼順。」他馬上又補充說：「狀況不很嚴重啦，可是你必須是下一個跟梅麗莎講話的傑伊。這是一定要的。」

雷伊瞪著他弟弟。「那你以為這樣改裝就能騙過爸媽嗎？」

傑伊說：「我打賭可以。來啦，把我穿去學校的衣服穿上，還有我的芝加哥小熊隊棒球帽。要是爸媽認出我們，那我就待在家裡吃昨天剩下的義大利麵，還有寫社會科作業。不過，等一下都要讓我來說話。可以嗎？」

雷伊翻了個白眼，不過他還是說：「好啦。」接著他換上傑伊的襯衫，戴上藍色棒球帽。

兩個男生下樓到客廳，葛瑞森太太看了傑伊一眼，然後說：「戴太陽眼鏡？購物中心裡又沒什麼太陽，雷伊。」

傑伊說：「這是一種風格，好嗎？」

媽媽說：「隨便你。」

葛瑞森先生從沙發上站起來。「我不知道你們餓不餓，但我可是餓扁了。走吧！」

這一家人紛紛往廚房門移動。

雷伊和傑伊同時擠在門口，雷伊推了傑伊一把。等出了門口，換傑伊把雷伊往灌木叢裡推，接著雷伊把傑伊擠到車庫牆邊，然後傑伊出手把雷伊頭上的帽子打掉。

「你們兩個，住手！」葛瑞森太太說。她瞪著戴太陽眼鏡的這個兒子說：「雷伊，不准像流氓一樣亂打人，不然你就要待在家，聽到了嗎？」

傑伊指著雷伊說：「是傑伊先開始的。」話才說出口，他想到這樣可能反而會害他自己被禁足。

爸爸說：「上車。兩個都進去。」他把廂型車的側門拉開，指著最後一排座位說：「傑伊，去坐後面。雷伊，坐中間。」

於是，雷伊坐後面的位子，傑伊坐在中間。廂型車倒車時，傑伊轉頭向後看，他拉下太陽眼鏡，對雷伊眨眨眼，還豎起大拇指，因為他們的交換身分沒被認出來，到目前為止。

11 如臨大敵

晚餐在購物中心吃得很順利，沒有同學出現在披薩店附近。至於電影院呢？一點問題也沒有，那裡全都是不認識的陌生人。

看完電影，他們要穿過整個購物中心到另一頭的鞋店去。就在這個時候，情況危險了。

雷伊打扮成傑伊的模樣，而傑伊打扮成雷伊的模樣。兩個人走在爸媽後面大約五十步的地方，看起來就像是他們自己出來逛街。到了美食廣場附近，有人喊著：「嘿，傑伊，等一下！」

雷伊停下腳步，轉身。是尚恩跟同校的兩個同學，他們很快地朝他走過來。

至於傑伊呢？他聽到有人喊他名字，不但沒停步也沒轉頭，完全裝做沒聽到一樣繼續往前走，像個穿著紅色運動服的路人。接著，他突然向左轉，走進一家大型電動遊戲場。

所以當葛瑞森夫妻轉頭看是誰在叫他們兒子時，他們以為看到的是傑伊。他戴著藍色棒球帽，正在跟一個紅頭髮的男孩，還有另外兩個男孩講話。

但是，到處都沒看到雷伊的紅色連帽運動服，這讓他們非常擔心。在購物中心沒見到孩子的人影，讓他們心裡拉起警報。

尚恩走近雷伊，說：「嘿，怎麼樣？」

他微笑回答：「還不錯啊。」這是謊話。

四個男生圍在一起聊天。尚恩比著其他兩個男生，說：「這是艾德，今天午餐時你見過了。另外這個渾蛋叫做肯特。」

肯特捶了尚恩的手臂一下，說：「你才渾蛋咧。」然後對著雷伊說：「嗨！」

雷伊點點頭，回頭看到他爸媽已經停止前進，爸爸甚至還快步朝他走來。雷伊猜他大概只剩二十秒時間，所以他說：「啊，我爸來了，我得走了，我們要去買鞋。」

尚恩說：「釘鞋嗎？」

雷伊不明白。「釘鞋？幹嘛買釘鞋？」

尚恩說：「踢足球啊，詹姆士說你星期一會來練球。」

雷伊點點頭說：「對喔，星期一。對……我需要……釘鞋。」

但他心想：「哼，這筆帳要算在傑伊頭上。」

尚恩說：「去看看愛迪達的專櫃吧。雖然很貴，但是值得。」

雷伊點點頭，說：「好，愛迪達。那個……我得跟我爸走了，大家再見囉。」

「好，」尚恩說：「再見。」

這三個男生轉頭往回走。

爸爸才四秒鐘就走到雷伊身邊，看起來很擔心。「雷伊呢？」

雷伊用大拇指比一比左邊那個大型遊樂場。「大概在裡面。」

傑伊躲在一個舌頭伸長的外星人立牌後面，看著前面發生的事。他走到店門口，微笑，對爸爸揮揮手。

爸爸沒有揮手，也沒有笑。

傑伊趕快走出店門，說：「發生什麼事了？」

爸爸說：「什麼事？我跟你們說，從現在起一直到我們上車，你們兩個要一直走在你媽媽跟我的後面，聽到了嗎？不准在店裡逗留，不准停下來講話，不准自己亂跑。現在，快走。」

傑伊說：「爸，我們已經十二歲了耶。」

爸爸點點頭，說：「所以你們要照我剛剛說的去做。走。」

兩個男生只好跟著走。

他們到了媽媽等待的地方。四個人開始一起走後，雷伊對傑伊說：「嘿，雷伊，我跟你說喔……」

傑伊說：「怎樣？」

雷伊說：「等一下到鞋店，我得買一雙釘鞋。」

「釘鞋？」傑伊說：「為什麼？」

「因為我要去練習踢足球，星期一放學後。」雷伊說：「不過你可能已經知道了吧？雷伊。」他故意把自己的名字說得特別重。

走在他們前面幾步的媽媽，回過頭來看著雷伊說：「踢足球？很好呀，傑伊。」然後又看看傑伊，問：「那你呢，雷伊？你沒有參加球隊嗎？」

傑伊說：「嗯，沒有。只有……傑伊參加。」

她說：「我知道你踢足球也踢得很好，你應該參加足球隊的。」

傑伊假裝雷伊說：「我不喜歡足球。我在觀眾席看就好。」

「嗯，我不希望你自己一個人回家，」媽媽說：「所以你得找些課後活動。我覺得你還是應該試試足球，那是很棒的運動。」

她回頭往前繼續走時，雷伊說：「對啊，雷伊，那是很棒的運動。」當他說「很棒」兩個字時，用力捶了一下傑伊的手臂。

接著他小聲說：「還有什麼事你沒跟我說？還有驚喜嗎？」

傑伊搖搖頭。「沒了，」他小聲回答：「梅麗莎現在認為傑伊是個豬頭，還有，星期一下課後要去練足球，就這樣。這是今天的工作成果，您還滿意嗎？」

為了這句玩笑話，傑伊又挨了一拳。是扮成傑伊的雷伊打的。這回，傑伊沒有像以前一樣叫出聲，也沒有還手抓住雷伊的手臂。因為他知道，要是現在他這樣做，反而對自己不利。

在鞋店裡，扮成傑伊的雷伊選了一雙釘鞋，給傑伊本尊穿，而扮成雷伊的傑伊則挑了一雙很棒的新運動鞋，給雷伊本尊穿。

到了星期一，雷伊穿著新運動鞋到學校去，每個人都會以為那是傑伊，而他還得帶著傑伊的釘鞋，放學後去練足球。因為星期一輪到雷伊裝成冒牌傑伊去上學。

不過呢，這得看葛瑞森兄弟有沒有互相勒住對方脖子，且和平度過這個週末了。

12 快速變裝

星期六是個美好的九月天，晴空萬里、乾爽舒適，氣溫大約攝氏二十度。這表示今天適合整理庭院，也適合做家事，更適合把搬家的箱子打開整理。

這也表示，雷伊和傑伊必須協調好，兩個人不能同時出現在戶外的同一個區域。這一點非常重要。

當雷伊在前院除草的時候，某個一起上體育課的男生騎腳踏車經過。他揮手大喊：「嘿！我家跟你家只隔一條街耶！再見囉！」

當傑伊將第三疊攤平的紙箱拿到人行道前集中回收時，一輛汽車開過去，車裡坐著某個音樂課同班的女生，透過車窗跟他揮手。

這個漫長的上午大家都很忙碌，而且還有好多事情沒做完。到了下午一點半，他們終於可以坐下來吃午餐。爸爸說：「這樣吧，不如下午偷懶一會兒，我們散步去公園打個棒球，怎麼樣？」

聽起來很棒，可是這卻違反了兩兄弟的原則：不能同時在同一個地方露面。雷伊和傑伊上樓回到房間爭執了一下，最後同意丟硬幣來決定誰可以去公園。雷伊贏了。

所以傑伊要待在家，躲在屋子裡，而且還要寫社會課報告。因為這是跟爸媽說不去公園打棒球的理由。這又是另一個謊言，天大的謊言。在晴朗的週六午後研究美索不達米亞文化，根本不是他想要的。他有一陣沒一陣地做作業，大約一個小時之後，就躺在床上睡午覺了。

傑伊醒過來之後，當天最棒的事情出現。他發現桌上有一袋中式料理才剛送到，馬上就可以吃晚餐了。

他坐在廚房桌邊，伸手拿了最喜歡的中式食物：幸運籤餅。傑伊知道他應該等到餐後才能吃，可是他從來不這麼做。

媽媽問：「你的籤運如何呀？」

「這上面說：『如果你遇到困難，不要灰心。』」

爸爸點點頭。「好建議。請幫我拿春捲過來。」

全家人都餓壞了，接下來每個人都沒說什麼話，所以電話鈴響了也沒有人站起來去接，因為每個人嘴巴都塞得滿滿的。電話響到第四聲，葛瑞森先生終於接了起來。

「喂？」

他聽了一會兒，就把話筒交給傑伊。「是個叫亞力的男生。」

傑伊吞下一塊雞肉，接過來說：「嗨，亞力。」

「嗨，傑伊。你在吃飯喔？我可以等一下再打。」

「不用，沒關係。」

「我想問問你明天要不要去溜冰場？有曲棍球時段。」

「曲棍球時段？」傑伊問。

「對啊，其實是自由溜冰時段，但是可以帶球棍和冰球進去，還要戴頭盔。你要去嗎？」

「好，我去。」傑伊說：「可是我沒有頭盔，也沒有球棍。」

「那些東西我有一堆啦。」亞力說。「那我們一點鐘去接你可以嗎？我爸會開車。」

「聽起來很讚，」傑伊說：「不過，你等我一下喔。」

他把無線話筒用手蓋住，看看他的爸媽說：「亞力跟我同班，他想邀我一起去溜冰。明天一點鐘，可以嗎？」

媽媽說：「你的社會課報告怎麼辦？我看了你的作業，你下午根本沒做多少嘛。我覺得最好別去。」

「可是星期三才交耶，媽！」

她搖搖頭。「星期天下午是做功課的時間，你應該知道，而且你那份報告根本才剛開始寫。」

傑伊轉向另一邊，說得很快：「亞力，我過五分鐘再打給你好不好？」

「好啊，」他說：「等會兒再說。再見。」

「再見。」傑伊按下結束鈕，把話筒放在桌上。

媽媽還是搖搖頭。「我是不會改變主意的，你現在就可以回電話給他。」

傑伊聽得出媽媽是認真的。「好吧。」他的聲音聽起來不開心。他把椅子向後退，離開餐桌，抓起電話，跺著腳回房間，甩上門。他撲到床上，準備要回電話給亞力，這個時候雷伊突然進來，把他手裡的電話搶走。

「你幹嘛？」傑伊說。

雷伊坐在床沿。「聽我說，」他說：「我知道你會不高興，可是我剛問媽說我可不可以跟亞力去溜冰，因為我已經做完功課了，她說可以，所以我要回電話給他，知道了吧？」

傑伊坐直起來，瞪著哥哥。「你？他是邀我去溜冰，不是你。而且你不用做功課是因為，真正去上學的人是我。」

「別傻了，」雷伊說：「是誰在星期四的導師時間跟亞力聊曲棍球？是我。所以他等於是邀我去。明天我在車道上跟亞力碰面，只要你不露面他就不會發現。再說，我溜冰溜得比你好太多了。」

傑伊本來想把電話搶回來，塞到雷伊的鼻孔裡。不過，他想到另一個更好的主意。

「你知道怎樣才對嗎？應該是你裝成我，待在家裡做功課。你的確可以去溜冰，就像媽說的那樣。只不過由我代替你去，這才公平。因為今天我一整個下午都待在家，而你卻跑去公園玩棒球，所以明天應該換成我去溜冰，這樣才公平，對吧？」

雷伊沒有回答。

「對吧？」傑伊大聲地問。

「好啦！」雷伊咬牙切齒地說。他把電話丟到傑伊腿上。「祝你玩得很爛。」他站起來，出去了。

傑伊把電話從地板上撿起來，他的腿有點痛。不過他不在乎，因為他可以去溜冰啦！

這真的是一個最公平的解決辦法，雷伊也很清楚，所以星期六到了睡覺時間，他和傑伊又開始講話，結束冷戰。到星期天下午，他們就開始換裝。

傑伊穿上雷伊的紅色連帽運動服，戴上紅色棒球帽，就跟星期五去購物中心的打扮一樣。雷伊穿上傑伊的藍色上衣和牛仔褲。傑伊還帶了溜冰鞋，上面有雷伊的名字。

快到一點時，傑伊帶著溜冰鞋在前門等，雷伊站在飯廳門口。

「喂，」雷伊說：「記得問亞力，交叉溜要怎麼溜。你溜得還不太對，而這個技巧可以幫你加快速度。」

傑伊點點頭說：「好啦，我會問他。下次就是我們兩個一起跟他去溜冰了。」對必須待在家裡的哥哥來說，這句話還真是窩心。

人行道邊有人按了汽車喇叭，傑伊對著房子裡喊：「他們來了，我要走了喔！」

他爸爸把電視棒球轉播賽關成靜音，也從客廳喊著：「祝你玩得愉快，要記得自己付門票錢，知道嗎？」

傑伊開了門說：「我會的，爸。」

媽媽從樓上的辦公室喊著：「等一下，寶貝，我要下來了。」

她下來後，從紗門看出去，向外面的車揮揮手，說：「要當個好客人，知道嗎？還有，不准粗魯。」

傑伊說：「知道了，媽，我知道。」他邊說邊推開紗門。

雷伊說：「再見，雷伊。」然後轉身上樓做功課。

傑伊沒有回頭看，只說：「晚點見，傑伊。」他就出去了。

「對了，雷伊，」媽媽說：「記得……」不過她沒接下去說。

因為當她叫「雷伊」的時候，兩個男生都轉頭看她，並同時脫口而出：「什麼？」

她看看這個兒子、看看那個兒子，又再看一遍。然後，她的眼睛閃了一閃，抓住傑伊的手臂，把他拉進來。

「很聰明嘛。」她說。

傑伊很驚訝。「什麼？」他說：「妳說什麼？」

媽媽瞪著傑伊說：「我們需要在這裡檢查腳踝嗎？」她又轉頭看著樓梯口的兒子說：「需要嗎？雷伊？」

沒辦法了。媽媽已經看出這兩個孩子在騙她，詭計被揭穿了。

雷伊立刻承認：「我只是想對他好，媽，因為傑伊昨天下午沒去打棒球，我想幫他寫報告。」

她搖搖頭。「不行。傑伊要待在家裡，自己寫作業。」

雷伊說：「但是……那我還是可以去嗎？拜託？」

她停頓了兩秒鐘才說：「好，但這是因為亞力的爸爸特地開車繞過來載你，不過你們兩個等著挨罵吧。現在雷伊準備出門，傑伊上樓去。」

於是，傑伊摘下紅色棒球帽，把溜冰鞋交還給雷伊，脫掉雷伊的紅色運動服，交給他之後就上樓去寫社會課報告。

下一秒鐘，他聽到紗門關上的聲音。

傑伊進入房間，坐在書桌邊，打開筆記本。不過，他並不生氣雷伊在最後一秒鐘搶了他出去玩的機會。亞力想跟朋友一起溜冰，而雷伊溜冰溜得非常好，他們一定會玩得很愉快。

傑伊還是盯著作業本，又看了一次繳交日期。他想到，就算他寫了一篇可以得一百分的報告，星期三是誰交作業呢？雷伊。

因為星期三不是輪到傑伊上學，星期三是雷伊去學校的日子。

對傑伊來說，好像每一天都變成雷伊得意的日子了。

這讓他不太高興。事實上，他覺得有點……灰心。

13 最高機密

星期一早上七點半，雷伊把傑伊從床上拖起來，並催促他趕快準備好，這樣才能一起出門。雷伊打算提早二十分鐘到，但傑伊並不喜歡這樣，因為這表示他得在車庫的紙箱小屋藏得比平常久。不過，至少不用再聽雷伊說星期天去溜冰有多好玩。傑伊已經不想再聽雷伊一直講那些事，每一件事都讓他受夠了！

雷伊可不在乎傑伊怎麼想。雷伊星期一早上有重要任務在身。他必須在導師時間開始前找到梅麗莎，搶救上星期五自然課時被傑伊搞砸的關係。

雷伊在校車抵達之前就已經到學校了。他站在學校大門裡面等著，這樣可以看見整個下車區域的任何動靜。

要認出梅麗莎太簡單。她是第三個走下校車的人，戴著一頂藍色軟呢帽，脖子上圍了一條圍巾襯出她的臉龐。雷伊看到她對朋友微笑，這朵微笑就像是一座燈塔，召喚著雷伊。

除了長得漂亮，梅麗莎的人緣也很好。她下車之後，馬上有四個女生圍繞在她身邊，這一群女生朝著雷伊的方向走來。她們一行人進入第二道玻璃門，雷伊等了又等才開始往梅麗莎的方向走。

「梅麗莎……嗨！」

梅麗莎轉頭過來，看到是誰在叫她。她淡淡一笑，繼續走。這個微笑跟星期四雷伊收到的微笑不同，而且她連「嗨」都沒說。

他現在跟梅麗莎並肩走著。

「嗨，梅麗莎……我可以跟妳說幾句話嗎？」雷伊和女生講話從來不會害羞，即使有其他女生在旁邊聽。而現在那些女生就正在旁邊聽著。

梅麗莎繼續朝著六年級大樓走。「有什麼事嗎？」她問：「你想說……喜歡我的襯衫嗎？」

這個玩笑害一、兩個女生笑出聲來，但雷伊聽不懂。傑伊沒有告訴雷伊星期五那天，他如何拼命跟這個女生聊天的全部細節。

雷伊搖搖頭，說：「沒有啦，只是……嗯，有件事有點……令人難過。不知道妳能不能保守秘密。」

雷伊使出他對付女生的絕招了。他知道很少有女生能夠拒絕聆聽悲劇故事，而且幾乎沒有女生能抗拒八卦。這兩個元素組合在一起，就算那個女生是鐵石心腸，也一定會停下來聽他說話。

所以，梅麗莎當然停下來了。她轉頭看著雷伊，眼裡重新注入了對他的興趣。

雷伊看看梅麗莎周圍的朋友，又低頭看著地板。

梅麗莎馬上明白他的意思。

「那麼，」她對朋友說：「等一下導師時間見，好嗎？」她身旁的女生們走開了，彼此交頭接耳，還不時轉頭過來看看雷伊。

梅麗莎面向雷伊站著，旁邊是一排六年級學生的置物櫃。雷伊看到她那雙美麗的灰綠色眼睛裡滿是疑問。

接下來就是最困難的部分了。因為，雷伊不曉得要跟梅麗莎說些什麼。

他的腦袋裡閃過幾個點子：「我可以說我星期五早上撞到頭，

所以自然課的時候才會呆頭呆腦的。或是說……有時候我跟女生說話會變得大舌頭，尤其是跟非常可愛的女生。嗯，這聽起來不錯。或者我可以說，星期五早上我養的黃金鼠死掉了，我一整天都心情不好……但我不想讓別人知道我很難過，因為那會讓人覺得我很懦弱。這個聽起來既有悲傷，也有秘密的成分。」

但是雷伊看著梅麗莎，突然間，他覺得自己做不到。他不想編故事騙她。她真的是個好女孩，而且很可能就是他的真命天女。

如果他編了一個故事，就得編另一個來圓謊，然後再編一個，沒完沒了，而且他和傑伊的事遲早會曝光，最多只能撐到星期五，剩下四天而已。最重要的是，雷伊很確定，如果他此時此刻跟梅麗莎說一大堆謊話，往後就會她被列為拒絕往來戶，連她的好姊妹也會封殺他。

所以雷伊深吸一口氣，直視著這個女生的眼睛，說：「星期五自然課跟妳講話的那個男生，那是傑伊。傑伊。傑伊・葛瑞森。」

梅麗莎皺起眉頭，眉毛都揪在一起了。「是啊，傑伊。那不就是你……傑伊。」

雷伊搖搖頭。「我是雷伊。我和妳是在星期四認識的，就在自然課實驗分組的時候。傑伊呢，他……他是我的雙胞胎弟弟。我的檔案被學校弄丟了，學校根本不知道有個學生叫雷伊・葛瑞森，所以我跟傑伊輪流來上學，共用他的名字傑伊。這……這就是我要告訴妳的秘密。而令人難過的地方是，星期五跟妳說話的人是他，不是我。傑伊他有時候會……像個豬頭。」

梅麗莎臉上的表情很難解讀——不相信、有興趣、很困惑。不過，看來大部分是覺得有興趣。這些話激起她的好奇與想像，儘管不太相信雷伊說的話，但是她很願意被說服。

她說：「所以……那……你們其中有一個人會待在家？即使不是假日？」

雷伊點點頭，然後他解釋了車庫裡的秘密基地。「等我爸媽去上班之後，躲起來的人就回到家裡。吃零食、看電視、睡覺、看點書……妳知道嘛，就是待在家裡閒晃。」

梅麗莎皺皺鼻子。「騙人的吧。這種故事我也會編，說我有雙胞胎妹妹，叫做克麗莎，而星期五那天是她覺得你……是豬頭。」

「嗯，是啊，妳也可以照樣說，」雷伊說：「但是，妳看看，妳跟傑伊講過話，對吧？而現在，妳是在跟我講話，我是雷伊。」他露出了最開朗、最迷人的笑容。「我跟他不一樣，妳分辨得出來吧？我是說，除了長相之外。」

梅麗莎仔細看著雷伊的臉，她看到他自信的笑容，看到他看著她懷疑的眼神，卻沒有一絲絲緊張不安。於是，梅麗莎的眼神漸漸變了，因為她能區分出來，她知道站在她面前的人不是傑伊。絕對不是。

她把聲音壓得很低，幾乎像是在講悄悄話：「所以你……你們真的是雙胞胎？而另一個，傑伊，他現在待在家裡躲起來，是嗎？好酷喔！」

雷伊點點頭，說：「是啊，妳說得沒錯。可是妳要保密喔，可以嗎？要完全保密。我們打算到星期五才告訴學校，到時候我們就會有大麻煩了。因為我們真的想試試看，只有一個人到底是什麼感覺，而不是老當雙胞胎黏在一起。我們必須這麼做。」

雷伊說話的時候，梅麗莎的表情也跟著轉變。現在她很替他擔心，畢竟這可是很大的麻煩。另外，她的表情裡還帶有一點崇拜，因為冒這種險讓雷伊看起來有點像革命英雄，像個冒險犯難的人。這種味道具有令人無法抗拒的魅力。

雷伊看著她臉上的表情，他的演員天分都被激發出來了。他眼神迷濛地望著遠方說：「是啊，我們很珍惜每一天。因為到時候追殺我們的大槌子，一定會重重地打在我們身上。」

梅麗莎眼睛睜得好大。「你要小心點啊！」她低聲說。

雷伊非常戲劇化地停頓，看著她的眼睛，接著開口說：「我可以信任妳，對不對？」

她點點頭。「對，沒錯，你可以信任我。」

「好，」雷伊說：「那麼，我們自然課再見了。或許午餐時間可以見面。」

她點點頭。「嗯，也許午餐時間。」

「好，到時候見，梅麗莎。」

「再見……傑伊。」她給他一個價值百萬的燦爛笑容。

雷伊走向教室，他覺得自己好像是俄亥俄州的國王！

十五分鐘後，數學課開始。雷伊看到傑伊說的那個女生。點名的時候，他聽到她叫茱莉・帕克曼。雷伊一點也不覺得她哪裡像梅麗莎一樣可愛，不過他還是對她笑一笑，下課後找了個機會跟她說說話。雷伊對她也很友善，當然不是用他本來的方式。他對待茱莉是很「傑伊式」的，有一點不自然，有一點保留，有一點沒自信。雷伊不想壞了傑伊的事，不想讓這女生以為傑伊的個性跟他一樣談笑風生，因為那是不可能的。

當雷伊對茱莉說：「那麼，再見囉。」他並不擔心梅麗莎看到他正在跟別的女生說話，一點也不。他可以跟她解釋，是為了弟弟才這麼做。這倒是真的。

雷伊走下樓準備去音樂教室，他還是覺得自己像俄亥俄州的國王，而且能贏得波士頓馬拉松長跑冠軍，還可以登上聖母峰呢！

雷伊在音樂課盡情唱歌。帕內老師詢問有誰要加入六年級合唱團時，雷伊是第一個舉手的男生。他覺得自己馬上就可以站起來獨唱，高歌一曲。

說真的，雷伊一整天都快樂得不得了。尤其是午休時間，他在中庭廣場跟梅麗莎講悄悄話，自然課時又可以坐在她身旁一整堂課，更是讓他加倍快樂。

即使是放學後的足球練習，雷伊也覺得棒透了。他盡力假裝足球並不是像個無頭蒼蠅一樣在大草地上跑來跑去。他努力跟著跑，表現出知道自己在做什麼的樣子。搶球的時候，他甚至還因為鏟球而滑倒，擦傷了膝蓋，但是他沒有抱怨。雷伊之所以踢足球踢得這麼賣力，是為了感謝傑伊。

因為星期五那天，如果不是傑伊在梅麗莎面前表現得那麼像傻瓜，雷伊也不會在星期一早上把真相告訴她。能夠和梅麗莎分享秘密，雷伊覺得超棒；梅麗莎也覺得很棒，因為雷伊這麼信任她。

雖然在學校那麼多人裡面，只有梅麗莎一個人知道他的秘密，雷伊還是覺得做回自己了，因為終於有人真的知道他是誰，即使大家還是叫他傑伊。

最重要的是，她，梅麗莎・羅林斯，知道他的真正身分。她知道，這才是最重要的。

而且，她喜歡的絕對是他——雷伊・葛瑞森。

14 不是秘密

星期一午餐時間，梅麗莎心頭小鹿亂撞，因為她知道了那個秘密。今天來的傑伊，不是傑伊本人，是傑伊的雙胞胎兄弟雷伊。雷伊是她從星期四開始喜歡上的男生，那一天的傑伊其實是雷伊。所以說，塔福特小學裡不只有一個新來的可愛男同學，而是兩個，兩個長得一模一樣。況且除了他們兩個之外，她是全校唯一知道這個秘密的人。這個秘密太驚人，相形之下，好像梅麗莎以前知道的秘密，都不算秘密了。她好想告訴別人，好想好想。

可是……她已經答應雷伊要保守秘密了。她真的很想守信用，真的很想。

對梅麗莎來說，這個秘密就像阿姨在她生日時給的紅包。她知道應該把紅包錢收好，存到安全的地方，例如銀行，但是她沒有，她把錢拿去別的地方了，像是購物中心。

現在呢，學校的餐廳就像購物中心，是把秘密消費掉的絕佳場所，於是梅麗莎開始物色一對耳朵。這對耳朵要屬於她信任的人，一個不是大嘴巴的人。午餐吃完，把餐盤放好後，她看看四周，對她的好朋友卡洛琳揮揮手，叫她跟過來，並且要動作快。

餐廳的一面牆上貼了各大類食物的海報，兩個女生站在這面牆邊，興奮地低聲交談四十五秒，一邊點頭，一邊竊竊私語。講完之後，卡洛琳嘴巴張得好大，都合不起來了。現在她也知道這個天大的秘密，知道傑伊有個一模一樣的雙胞胎兄弟叫雷伊，而且這兩個可愛的男生輪流來上學，讓所有的老師以為只有一個學生。梅麗莎講完這個秘密後，她當然接著說：「妳要答應我，絕對不可以告訴別人，知道嗎？誰都不能說，知道嗎？」

卡洛琳答應保守秘密。

五分鐘之後，在遊戲區的卡洛琳看到梅麗莎和雷伊在中庭廣場聊天，他們兩個有說有笑，看起來好浪漫喔，而且還有點冒險的感覺。因為這個男生有點像間諜，或者是密探。突然間，卡洛琳很想告訴她的好朋友布莉安娜。卡洛琳覺得，雖然她已經向梅麗莎保證不會告訴別人，但是布莉安娜不算是別人，卡洛琳覺得布莉安娜可以信任。於是當午休時間結束，在大家都走回置物櫃的路上，布莉安娜便知道了整件事。

「他有雙胞胎兄弟？」布莉安娜驚訝地吸了一口氣，「那個新轉來的、數學課跟我同班那個？他跟梅麗莎說的？因為他喜歡她？哇，好浪漫喔，對不對？嗯，別擔心，我不會告訴別人的，真的，我保證。」

布莉安娜真的沒有跟任何人說，維持了整整七分鐘。當布莉安娜悄悄跟她朋友蘿莉說這件卡洛琳告訴她的事，也就是梅麗莎所說的、雷伊告訴梅麗莎的這件事，布莉安娜是否覺得她洩漏了卡洛琳的秘密呢？不，她一點也不這麼覺得。因為，布莉安娜認為蘿莉是很能管住嘴巴的女生。

整堂自然課，梅麗莎和那個號稱傑伊的男生就坐在同一張實驗桌，布莉安娜和蘿莉一直注意著他們。每次只要這個男生跟梅麗莎低聲講悄悄話，布莉安娜和蘿莉就會彼此使個眼色，互相點點頭，或是微笑。因為第九桌的這個男生，有另外一個真實身分。

星期一下午，關於葛瑞森雙胞胎的秘密，又傳了三、四次。到放學時間，當第四台校車緩緩從停車場駛出，一個名叫珍妮的女生跟她的好朋友黎安說：「如果妳能保守秘密，我就告訴妳那個新轉來的、跟我們社會課同班那個男生的事，那個叫傑伊的。」

黎安點點頭，也低聲說：「妳是不是要說他有個雙胞胎兄弟，他們還騙了全校的人？我在上體育課時聽凱莉說了。這件事真是驚人，對不對？」

接著，珍妮抓住黎安的肩膀，指著車窗外在人行道上走著的一個男生。「噢，妳看妳看，」她說：「在那裡……就是他！就是那個男生！」

黎安跳起來，往車窗外大聲地喊：「嗨，傑伊！」

這個男生轉頭看校車，臉上滿是驚嚇的神情，不過他還是笑著揮揮手。車上兩個女生「碰」的一聲坐回椅子上，笑得樂不可支。

珍妮回頭看，低聲說：「那是真的傑伊嗎？還是另一個？」

黎安聳聳肩。「這就是問題了。根本分不出來嘛！」

說著說著，兩個女生又笑成一團。

15 學誰像誰

星期二下午，傑伊走過穿堂，步履蹣跚。真希望這時候來場火災演習，或是全校緊急集合，或是一隻巨大的食人外星生物來攻擊學校，任何可以阻止自然課的事情都好。因為他整堂課都要坐在梅麗莎旁邊。他心想：「昨天雷伊來學校，他說已經把梅麗莎的事搞定了。現在這個女生一定認為我是他，而不是我。」

其實這一整天，傑伊心裡都盤據著女生的事。這種感覺是從導師時間開始的，他感覺到女生們一直在看他。不是直接瞪著看，比較像是偷窺，或者瞄個一眼。傑伊很不習慣這樣被女生注意，除非是和雷伊在一起的時候。他們一起出現時，女生如果沒注意他們，那就是反常了。傑伊知道他和雷伊都長得滿帥的，而且當他們一起出現時，雙胞胎效應再加進來，這樣不只女生會注意他們，所有人都會看著他們。

可是現在不同。她們在看他，而且還交頭接耳、竊竊私語。真是奇怪。

整個上午，傑伊必須一直把這種怪怪的感覺從腦中揮去，試著不要再想這件事。如果女生們要一直看他、一直講悄悄話，他也沒辦法阻止。女生呀，真是一團謎。

不過呢……星期二早上能跟茱莉・帕克曼一起上數學課，真是太棒了。進教室前他跟茱莉打招呼，而她回以微笑。課堂結束後，

他們一起走去上美術課，還稍微聊了一下。雖然大部分是聊數學，不過對他來說，可以和女生講話將近兩分鐘，已經破紀錄了。在跟茱莉講話的時候，傑伊覺得很平靜穩定，很自在。看來她是個很好相處的女生，和她聊天沒什麼壓力。

可是梅麗莎就不同了。愈是接近自然課，傑伊的胳肢窩就愈是汗流不停，手心也溼答答。他對自己說：「我就假裝自己是雷伊好了。談笑風生、討人歡心、隨和、好相處，這樣就像雷伊了吧。」

傑伊往教室裡偷看，梅麗莎還沒來。他趕快跑到第九桌坐好，在背包裡亂掏一通，想把作業找出來。傑伊一點也不覺得自己像雷伊，他覺得他像自己，很彆扭、不自在，而且驚慌失措。

他會這麼害怕，是因為他沒有得到一項重要情報：傑伊並不知道梅麗莎已經知道了這個秘密。傑伊不知道，是因為雷伊沒有告訴他；而雷伊沒有說，是因為他知道傑伊會氣他告訴別人，即使是梅麗莎這麼可愛的女生。這也是為什麼雷伊會要求梅麗莎不能跟傑伊說，她已經知道他們是雙胞胎的事。

於是傑伊整堂課都憂慮著要裝得像雷伊，而梅麗莎呢，她對於整堂課能近距離觀察真正的傑伊感到興奮不已。這個男生不曉得自己的真實身分已經曝光，這一點，更是一個棒透了的秘密。

不過梅麗莎並不知道，當她和傑伊坐在一起時，課堂上有三、四個女生也秘密地觀察著他們，偷聽他們的動靜。

上課鈴響，梅麗莎匆匆忙忙衝進教室，坐在傑伊旁邊。傑伊還是不知道該做什麼、該說什麼，或是怎麼做。

「像雷伊那樣，」他告訴自己：「像雷伊那樣。」

所以，傑伊換上了雷伊式的微笑。他側著臉看著梅麗莎，說：

「嘿，妳好啊？」

梅麗莎心想：「他在學他哥哥的樣子，好可愛喔！」她開心地笑了，說：「很好，真的很好。」

傑伊用頭比一比桌上的作業，很像是在耍帥，他曾看雷伊這樣做過好幾次。他說：「這次作業滿難的。第三題妳會做嗎？」

梅麗莎又對他笑笑，從背包裡拿出一個黃色三孔資料夾，在桌上打開，找到寫著「作業」的分隔頁，翻了三、四頁，用食指在紙上點著。然後她說：「答案是氮，對吧？因為有五個電子。」

傑伊盯著梅麗莎的指甲，心思全都飛走了。那指甲上還留有一些桃紅色指甲油的痕跡。他好不容易才回答：「喔，對，氮。我的答案也是這樣。」他說這句話的語氣也是學雷伊，或者，是他想像雷伊會這麼說。

梅麗莎再次給了他一個燦爛的微笑。

傑伊也對她笑。他心想：「喔耶，我很行嘛！真是太酷了。」

自然課在一陣歡樂的吵雜聲中開始。傑伊以前從沒有像這樣，和女生講話講得那麼開心。他覺得自己好像交到女朋友一樣。等他們開始討論這次的實驗主題，傑伊更自在了。他很機智、輕鬆、風趣，而且很有魅力。很像雷伊。而梅麗莎呢？從傑伊的角度來看，這個女生已經完全臣服了，她不停地對他笑，而且他愈是學雷伊，她就笑得愈開心。

傑伊必須承認跟上週五比起來，梅麗莎今天可愛多了，雖然還是比不上茱莉・帕克曼。不過，他跟茱莉以後有的是時間相處。今天的傑伊學雷伊、像雷伊，這給了他很多和女生交往的點子。他突然開竅了，他知道自己可以表現得比以前更酷、更能言善道。傑伊心想：「說到和女生相處，傑伊變成新一代的雷伊了，是全新進階版，而且，新學年才剛剛開始呢！」

自然課結束後，傑伊笑著對梅麗莎說：「明天見。」他好希望這句話能成真，但是不行。因為明天坐在九號實驗桌的是雷伊。

他走出教室加入走廊的人群中。他遇到詹姆士，和他一起去上體育課。傑伊覺得自己好像站在世界的頂端。

他很期待課後的足球練習。他迫不及待要秀給詹姆士看，看真正的傑伊・葛瑞森是怎麼踢足球的。

16 小地方

現在是放學後的時間，傑伊跑操場已經跑第二圈了。傑伊想到為什麼他以前不想參加足球隊，就是因為要一直跑步跑不停。不過他仍然覺得自己跑得不錯，他跟得上詹姆士。「第一次練習，這樣表現還不賴吧。」他心想。

他們兩個跑在隊伍最前面，領先其他人三、四十公尺，這也讓傑伊感覺很好。說到運動，傑伊就不必假裝像雷伊，反而是雷伊要假裝像傑伊。

跑第一圈時，他和詹姆士邊慢跑邊聊天，大部分是在聊棒球。詹姆士是克里夫蘭印地安人隊的超級球迷，而傑伊喜歡的是克羅拉多火箭隊，可是這兩隊就連外卡球隊資格賽也擠不進去，根本沒機會同場較勁，所以這兩個男生就開始比較最佳與最爛投手、最佳與最爛打擊者，還有美國職棒大聯盟裡最佳與最爛的一場比賽。他們兩個一來一往的討論，直到喘得無法說話為止。跑第二圈的時候，兩個人都沒辦法一邊跑步、一邊說話了。

不過，要跑第三圈的時候，詹姆士回過頭來看著傑伊說：「你的膝蓋還好嗎？」

「我的膝蓋？」

「對啊，」詹姆士說：「昨天不是擦傷了嗎？你昨天還有點跛腳呢。那時候看起來滿嚴重的，血都沾到襪子了。我以為你今天會纏上紗布呢。」

「喔，那個呀。」傑伊說。他假裝很喘，喘了五、六秒鐘不能講話，這樣才有時間想辦法。他說：「其實還好啦，只是看起來很嚴重而已。那種傷口一下子就好了。現在幾乎看不出來了。」

詹姆士看了他一眼，點點頭，可是沒接話。

又跑了三十幾公尺，詹姆士說：「你看過我弟弟嗎？」

傑伊說：「沒有啊。我才剛搬來呢，記得嗎？」

詹姆士說：「我以為在學校裡你會注意到他們。他們跟我長得很像，一個叫羅伯特，一個叫愛德華。他們兩個是雙胞胎，長得一模一樣。」

傑伊轉頭看著旁邊的詹姆士，差點跌倒。而詹姆士呢？他直直望著前方跑步，臉上沒什麼表情。

傑伊盡量維持語調的平穩，他說：「雙胞胎？哇，那會是什麼感覺？」

詹姆士大約跑了十大步才回答：「好玩極了。他們是很乖的小男生，沒人能分得出誰是誰，有時連我爸媽也分不出來。不過我總是分辨得出來。」

傑伊又轉頭過去看他。「你是怎麼辦到的？」

「我也不會講，」詹姆士說：「但我就是分得出來。他們兩個就是不一樣，是不同的兩個人。」

又跨了幾大步，他接著說：「我會去看很多小地方，因為我還滿會注意事情的。美術老師說我的觀察力還不錯。也許畫家就是會這樣吧，我猜。」

「所以，你的美術一定很棒囉？像素描之類的。」傑伊想辦法轉移話題。「像我的美術就很爛，」他說：「你會素描人的臉嗎？我一直都學不會。」

詹姆士還是繼續談雙胞胎。「重點是，愛德華和羅伯特啊，他們只有外表長得一樣而已，其實他們有很多地方不同，如果仔細觀察一些小地方的話。事實上，就連很多大地方也不一樣，例如說，擦傷的膝蓋。」

傑伊突然停下來，詹姆士也不跑了。他們兩個離開跑道，走到旁邊的草地上喘著氣，而同隊的另外十二個男生就陸陸續續跑過他們身邊。

「嗯……」傑伊說：「那麼，你是怎麼發現的？」

詹姆士笑得露出了牙齒。「今天才確定的，就在我們開始跑步之後。你的膝蓋上沒有擦傷，而且你跑得快多了。你的步伐也完全不同。你跑步的時候，不會把手肘向外擺動，像雞要飛那樣，但另外那位會有這種動作。」

「他叫做雷伊，」傑伊說：「這是我爸媽幫我們取的名字，一個叫傑伊，一個叫雷伊。」

操場另一邊，一聲尖銳的哨音響起，是教練在吹哨子，於是他們兩個回到跑道。跑第三圈的時候，傑伊把整件事都說了出來。他拜託詹姆士不要說出去。

他們穿上黃色背心，開始練習搶球。傑伊說：「還有，你也不要跟雷伊說，好嗎？因為他一開始的時候並不願意這樣做。如果他知道有人發現的話，一定會很緊張。」

詹姆士點點頭，微笑著說：「沒問題，我不會跟他說。不過你也別告訴我弟弟，說我分得出他們兩個。」

他們兩個哈哈笑了一會兒。詹姆士又說：「你們兩個做的事真的很酷。如果我也可以每隔一天才來學校，我一定會這麼做。」

傑伊點點頭，他本來想說：「可是說真的，我們這樣做不是為了逃學，不是為了可以待在家裡，或者是要騙大家。我們只是想當我們自己。待在家裡其實沒什麼好玩的，學校裡才有好玩的事，就像現在這樣。」

不過傑伊並沒有說出口。因為，大部分的人不會了解，這是只有雙胞胎才會懂的感受。

所以，他說的是：「是啊，但這整件事也很怪異吧。等到結束時，誰知道會怎麼樣呢？到這個星期五，我們就不玩了。星期五一定會是個大日子。」

教練開始分配位置，於是他們就聊到這兒。然而，最後這句話突然鑽進傑伊的腦袋，他又對自己說了一次：「星期五一定會是個大日子。」

傑伊說錯了，因為塔福特小學裡有另一股力量正在成形。

而且，傑伊和雷伊對這股力量完全一無所知，也不知道它何時會到來。

不過，真的要來了，很快就來了。

很快。

17 問題檔案

卡帝芙護士辦公室的門永遠開著。在門上有個掛牌，上面標示著：「學校護理人員」。

校護的辦公室就是保健室。它比教室小一點點，並不是個很炫的地方。黃色油漆的牆壁上貼了不少圖表和海報，室內有一張淺色橡木桌、一張滾輪辦公椅、三個檔案櫃、一張鐵架床、一台活動式隔簾、一個體重計，還有三把不同尺寸的椅子給高矮不同的學生坐。此外，保健室裡有一間全校僅有的獨立衛浴。

卡帝芙護士是個很有經驗的校護。意思是說，她既像媽媽，又像老師，還有一點像偵探。而且，有時候她還是學生的代言人，或者是家長和老師之間的仲裁者。如果有需要的話，她還有權通報其他相關單位。她只要打一通電話，就可以代表俄亥俄州衛生局召開會議。有校護艾瑪・卡帝芙在，沒有人敢亂來。

卡帝芙護士每天早上都會站在保健室門口，位置就在學校一進門那兩條主要走廊的交會處。她每天早上站在那裡看著學生上學，午餐時間看著學生進出餐廳，下午看著學生放學回家。

如果有哪個孩子看起來太瘦或是太胖，她會記下來。如果有哪個孩子看起來很沒有元氣，或是精力過分充沛，她會去了解狀況。如果哪個孩子走路一跛一跛，或是瞇著眼睛看東西，或者身上有傷痕，或在咳嗽，校護會把孩子帶過來檢查。她幾乎從來不會錯過任何線索，因為她希望這所學校的每個孩子都健康快樂。

每個學年一開始，卡帝芙護士會特別注意每個孩子的眼睛和耳朵。她有一份「必須持續觀察」的學生名單，這樣她每年秋天開學時就可以繼續追蹤這些孩子。她還要處理老師轉介的學生，他們可能需要做聽力或視力檢查。另外，她也要處理轉學生，就是那些夏天才搬來鎮上的孩子，卡帝芙護士一定會特別注意他們。

開學日那天，傑伊在導師教室看到的那個裝著學生檔案的大紙箱，到哪裡去了？雷伊以為它們被堆到大辦公室的壁櫥裡。其實沒有。這些檔案夾根本沒有被鎖起來，每個年級的檔案箱，都好端端地存放在保健室旁的儲藏室裡。卡帝芙護士就像個仔細尋找線索的偵探，從開學以來，她已經花了幾天的時間，細心審閱這些檔案。

像從前一樣，她先從六年級開始。她瀏覽每一個學生的檔案，看看有沒有任何新加上去的健康記錄，然後把列在觀察名單上的學生檔案抽出來，也把轉學生的檔案抽出來。

接著她又以同樣的方式，繼續處理其他年級的檔案。她把所有要進一步審閱的檔案都抽出來放在辦公桌上，堆得像小山那麼高。這個步驟完成後，她開始仔細閱讀檔案，也是從六年級開始。

星期三早上，第一班校車抵達學校前的二十分鐘，學校護士打開了一個比別人厚兩倍、天藍色的學生檔案夾。它的標籤上寫著：「傑伊·雷伊·葛瑞森」。不到十分鐘，卡帝芙護士拿起電話打給校長，以及傑伊的導師藍老師，召開一個緊急會議。

因為不需要福爾摩斯再世就看得出來，葛瑞森的檔案出錯了，而且錯得非常離譜。

18 什麼狀況？

校長凱倫・羅斯德女士坐在校長室的辦公桌後，葛瑞森的檔案攤開在桌上。她兩手各拿著一張照片。她左看看、右看看，再左看看、右看看。接著她抬起頭來看著藍老師說：「從開學那天起，只有其中一個來上學？」

藍老師點點頭。

羅斯德女士看著校護。「妳跟家長聯絡過了嗎？」

卡帝芙護士搖搖頭，說：「我希望先跟妳們兩位談談。他們可

能是離婚家庭，雖然檔案裡沒有這麼寫，但是這有可能牽涉到監護權的問題而我們不知道。我也沒看到有任何一方的家長來過學校的記錄，所以我不確定現在到底是什麼狀況。」

校長說：「那麼……我們是不是要通知兒童福利單位？還是通知警察？因為我們唯一能確定的是，有一個小孩失蹤了。傑伊・葛瑞森已經上學一週了，但都沒有另外一個男孩的消息，家長也沒有跟我們接觸。沒有留紙條，沒有打電話來，沒有任何聯絡與解釋。另外那個男孩叫什麼名字？」

「雷伊，」卡帝芙護士說：「一個叫傑伊，一個叫雷伊。」

校長轉頭看著藍老師，皺起眉頭說：「我想知道的是，開學那週看學生檔案時，妳為什麼沒有察覺到這件事？」

藍老師感到很難受。「嗯，我……我看過所有的學生檔案，但不是每個檔案都仔細地看。我想可能是……」

這時候，校護插話進來說：「凱倫，連我也幾乎沒有察覺到。他們一個叫傑伊・雷伊，另一個叫雷伊・傑伊，而且檔案裡所有相片看起來都一模一樣。科羅拉多州那邊把兩個檔案塞在同一個大信封裡寄過來，到了我們這裡拆開一看，就好像我們只要收一個學生而已。學區秘書沒有發現，學區督學沒有發現，我們自己學校的秘書也沒有發現，根本沒有人發現這個錯誤。但現在，我們終於知道少了一個學生，所以當下要解決的問題不是『誰應該先發現這個錯誤？』，而是『這個學生到哪裡去了？』」

校長點點頭，表示同意。傑伊的導師對校護露出笑容，感激她幫忙解圍。

校長說：「那麼，到底我們應該通知誰？」

藍老師聳聳肩，表示不知道。

卡帝芙護士可不會這樣，她從來不聳肩。對於下一步該怎麼行動，她總是會想出一個積極的做法。葛瑞森這件事也不例外。

她挺直腰背，坐在椅子最前緣，說：「另一個男孩沒來上學，原因也許很簡單，所以我們不要反應過度。首先我們可以找傑伊來談談，就是那個有來上學的男孩。我今天要開始做聽力檢查，所以導師時間我可以找他來保健室。反正聽力檢驗師會晚一點到學校，所以我可以先跟他談一談，以不驚嚇到他為原則。接下來呢，就我們目前所知道的訊息，我建議打電話給家長。如果家長不配合，我們再通知相關單位。這樣好不好？」

校長和導師互相對看，兩個人都點點頭表示同意。

羅斯德校長站起來，闔上藍色檔案夾，遞給校護。「好，就這麼做。這件事暫時不要宣揚出去，就我們三個人知道，好嗎？」

藍老師和卡帝芙護士對校長點點頭後動身離開。這三位女士一起走進大辦公室，再走到外面的主要走廊。這時候，第一班校車正好停在人行道旁。

學校的一天又要開始了。

19 雙胞胎大戰

雷伊把走路上學的時間算得很準，所以星期三早晨，他可以在第一班校車抵達時剛好走到學校。他擠在一大群學生中間，走進學校大門，然後直接穿過走廊，到另一頭的牆邊站著，並且用眼睛掃視人群中的面孔。他在找梅麗莎，或者是詹姆士。他雖然看到了尚恩，但雷伊並不是很想跟他講話。他想找的是知道他真正身分的人，知道他是雷伊的人。可是，不管是梅麗莎還是詹姆士，這兩個人他都沒看到。

於是他又走進人群中，向右轉，朝六年級大樓前進。他會比平常早到教室，而且他的數學作業有點問題，所以早一點到比較好。

星期三這天，當第一班校車的學生到校時，卡帝芙護士就開始站在保健室門口觀察學生。她認人的功力很好，所以在傑伊・葛瑞森一踏進校門時，她就認出他了。他長得就跟檔案裡那張五年級時的照片一樣。不過呢，今天早上這個男孩的右臉頰有一處瘀青，看得出是新傷，下巴還有抓傷的痕跡。這些身體上的狀況，校護都默默記在腦中。

這個孩子看起來有點遲疑，好像不太確定應該往哪裡走，而且沒有跟朋友一起，也沒有和別人說話。有三、四個女生對他笑，他像是沒看到似的。他一個人站在牆邊大約二十秒，左顧右盼，然後才轉彎走向六年級大樓。「他看起來好像很孤單，」她心想：「也許是因為雙胞胎兄弟沒有一起來吧。」

雷伊到教室一坐下，就開始找亞力・格瑞曼說話。亞力是個數學奇才，而雷伊需要他幫忙。雷伊在做因式分解時碰到了困難。都是傑伊害的，他做的筆記實在有夠潦草。還不都是因為傑伊在星期二數學課時，為了一個女生分心了，而這個女生就是傑伊覺得很特殊的那一位——茱莉・帕克曼。

雷伊現在可不願意再去想傑伊的事。雙胞胎兄弟不在身邊，他高興得很。「那隻兇巴巴的臭老鼠，」他心想：「最好我可以一輩子不要再看到他！」

雷伊會這樣想，是因為前一天晚上，他們雙胞胎兄弟間發生了不愉快的事。

事情發生在星期二晚餐後，雷伊和傑伊回到房間做功課。他們坐在雙倍寬的書桌前，把共用的數學作業傳來傳去，想弄清楚到底作業要怎麼寫。進度非常緩慢。

傑伊花了十分鐘解釋因數分解之後，他說：「好了啦，我們暫時不要再想數學了。我要告訴你一件事。」

雷伊停住咬鉛筆頭的動作，說：「什麼事？」

傑伊深吸了一口氣，說：「詹姆士發現了。就是你和我是雙胞胎，還有我們輪流去學校的事。」

雷伊瞪著他弟弟。「你是開玩笑的吧？」

傑伊搖搖頭。「詹姆士的兩個弟弟是雙胞胎，讀四年級。他說他可以分得出他們兩個。今天下午足球隊有練習，我們在跑步的時候，他說可以看出我們兩個的不同。反正他就是知道啦！而且，你的膝蓋擦傷了，你又沒有告訴我，所以今天他看了我的膝蓋一眼，又看了我跑步的方式。然後他就……」

「你跑步的方式？」雷伊說：「那是什麼意思？」

「嗯，他星期一也看了你跑步的方式。」傑伊說：「你跑得比較慢，而且你的手肘會往外揮動，像雞翅膀。」

「才沒有呢！什麼雞翅膀？是詹姆士說的？」

傑伊說：「對啊，但是他沒有在笑你啦，那只不過是個形容詞而已。哎呀，不管怎樣，他現在知道了。而且，他不會跟別人講，因為他……」

「什麼叫我跑得比較慢？」雷伊說：「他覺得我跑得比你慢？

他瘋了吧。」

傑伊說：「那……他知道了，你可以接受嗎？」

雷伊聳聳肩。「可以啊。我是說，沒關係啦！反正等到了星期五，每個人都會知道。」他停頓一下，又說：「而且，我已經跟梅麗莎說了。星期一早上的時候。」

傑伊的嘴巴張得好大。「你說什麼？」

雷伊說：「我告訴梅麗莎了，星期一的時候。我不想編謊話騙她說為什麼上星期五我看起來像個白痴。」

「所以……今天，」傑伊說：「今天我跟她一起上課的時候，她已經知道了？」

雷伊點點頭，慢慢、淺淺地笑著。「是啊，今天下課後我打電話給她，那時你在踢足球。她說，有幾個女生也知道我們的事了。

因為她告訴她的朋友，就是那個叫卡洛琳的女生。梅麗莎覺得很抱歉，我跟她說沒關係。」雷伊停頓一下，笑得更開了。「嘿，好消息是，她說你今天上自然課的時候很可愛，假裝很酷、又很會說話，就像我一樣。」

傑伊往雷伊的肩膀上揍了一拳。「你竟然不早點告訴我！」他又在同一個地方補了一拳，而且這次打得更用力。「今天每個人都在背後笑我，還說悄悄話。你和你那個笨女朋友，跟豬一樣笨！」

這句話惹惱了雷伊，他握緊拳頭想打回去，但是當他看到傑伊滿臉通紅，氣得臉都歪了，就覺得好笑。雷伊忍不住笑了出來。

下一秒鐘，內戰爆發。傑伊跳起來抓住雷伊，把他揍得摔下椅子。兩個人都撞到地板，其中一個人的腳絆到雙頭檯燈的電線，檯燈倒了，兩個燈泡都在地板上摔破了。房間裡一片漆黑。

爸爸衝上樓把他們兩個分開。傑伊穿的上衣，從肩膀撕裂到腰部，手肘因為撞到電暖器而流血。雷伊的臉頰有一個拳印，下巴有一道指甲抓出來的傷痕。

爸媽幫兩個男孩的傷口上藥之後，媽媽又罵了他們一頓，然後他們倆收拾好房間的混亂。他們把玻璃清乾淨，裝上新燈泡，繼續做功課。兩人之間的氣氛，冷得像冰一樣。

怒氣冷卻下來後，就變成了怨恨。接下來一整夜，他們都在冷戰。星期三早上吃早餐時，媽媽說：「你們不要這樣。我不知道你們為什麼打架，可是你們必須放下，讓它過去。現在，我要你們兩個握手和好。」

於是，這對雙胞胎兄弟握握手，但兩個人像是要想把對方手指關節折斷似的，使出全力握得好緊，而且握得很久。爸爸只好說：

「夠了！手放開，你們兩個，現在就放開！」

星期三導師時間之前，雷伊坐在教室裡，集中注意力聽著亞力解釋因數分解，一點都不願意想起自己有個雙胞胎兄弟。

唸完誓詞後，室內分機響起，有個聲音說：「藍老師？」

「什麼事？」她回答，並且用眼神和手勢要同學安靜下來。

「請讓傑伊・葛瑞森到保健室做聽力檢查。」

「好的。」

「謝謝。」分機安靜無聲了。

藍老師說：「傑伊，去吧，要帶著書包。不用擔心，所有的新學生每年秋天都要做聽力測驗。你知道保健室在哪裡嗎？」

雷伊已經站起來準備要走了，肩上背著書包。「是在大辦公室旁邊嗎？」

藍老師點點頭：「對。」

雷伊走出教室，他的腳步輕快，心情也很高興。

通常雷伊不喜歡去保健室，不過今天例外。這樣很棒，如果在那裡待得夠久，就可以閃掉半堂數學課，不再有因數分解，不用再為了弟弟對那個姓帕克曼的女生獻殷勤。今天早上能到保健室走一趟，真是不錯，也為這特別的一天揭開了序幕。

20 遊戲結束

雷伊先站在保健室門口，他花了一秒鐘聞聞附近的味道。他從以前的經驗中學到，進入保健室前最好先測試一下空氣品質。他用力聞了幾下，覺得這地方的味道還不差。沒有嘔吐味，也沒有尿臭味，只有一點點消毒酒精和肥皂的味道。

雷伊敲敲門，校護馬上說：「請進。」

她坐在雷伊右手邊的辦公桌旁，面前有個筆記型電腦打開著。

她轉頭對雷伊笑笑，說：「早安！你是傑伊嗎？」雷伊點點頭。她接著說：「我是卡蒂芙護士。」她指著座位後面的一張椅子，說：「請坐。等我一下下。」

雷伊把肩上的背包卸下來，坐在椅子上。

他看看左邊牆上一張均衡飲食的海報。嗯，這裡真無聊。他再看看右邊牆上一張正確姿勢的海報，雷伊立刻在椅子上挺直腰桿。從校護的後腦勺看過去，他注意到辦公桌上左邊手的位置。就在電腦旁，雷伊看到了那樣東西。他眼睛睜得好大，心跳快要停止，瞬間湧上一股恐懼，腦中一片空白。是那本天藍色檔案夾，就是傑伊跟他說過那本兩倍厚的學生檔案，傑伊開學隔天在藍老師辦公室裡看到的那本。現在，它就在這裡，離他四步遠而已。

雷伊感到一陣恐慌，很想跳起來逃出保健室，逃出學校，一路逃回家。不過，他還是坐著，試著思考：

「藍色檔案夾放在校護桌上。這是什麼意思？」

「她看過了嗎？她發現了嗎？」

「如果她知道了，為什麼看起來好像什麼事也沒有？」

當校護移動滾輪椅轉身面對他，雷伊的腦袋幾乎無法運轉。

「好了。」她說。她手裡拿著一副很大的耳機，耳機線連接著電腦。「首先我要調整一下電腦程式的設定。我們有個專業的聽力檢驗師會來確認檢查結果，所以我得確定有做對。電腦會做大部分的工作，可是我必須先把它設定好。最近我開始喜歡上電腦了，你喜歡嗎？電腦真的可以做很多工作。你知道嗎？在我剛開始當校護時，做聽力檢查的儀器差不多有一台洗衣機那麼大呢。」

卡帝芙護士平常沒有那麼多話，她是為了要好好看看傑伊・葛瑞森。這個男孩看起來好像很激動，似乎在害怕著什麼。

她把耳機交給他，說：「來，把它戴上……對了，就是這樣。很像冬天用的耳罩對不對？來，讓我調整一下。」

她靠過來調整耳機，讓它緊緊罩在雷伊耳朵上。卡帝芙護士清楚看到雷伊臉上的瘀青，她從經驗中知道那是怎麼造成的。是拳頭打在臉上所留下的印子，只有拳頭才會形成這種傷痕。事情不妙。

校護指著瘀青，說：「你臉上的瘀青，痛不痛？」

「什麼？」雷伊說。他把右耳上的耳機拉開一些。

校護說：「臉上的瘀青痛不痛？怎麼弄的？」

「不痛，還好。我……是我自己撞到床的，撞到床尾那塊板子。因為我滑倒了，地上的墊子沒有止滑。」

「嗯，是這樣啊。」校護說。她心想：「說謊。」她想的沒錯。

她說：「你家裡有人有聽力的問題嗎？媽媽？爸爸？」

雷伊搖搖頭。

校護很快做了決定。當一個男孩必須為臉上的瘀青說謊時，那表示他很可能處在危險的情況中，而且他那個失蹤的兄弟，也可能正遭受危險。該是問清楚的時候了，她決定直接進入案情的核心。她說：「你的兄弟呢？他有聽力問題嗎？」

雷伊偏著頭，好像聽不清楚這個問題似的。

校護靠過來把耳機拿走。「我是說，你哥哥有聽力問題嗎？」

「我……我哥哥？」雷伊舌頭打結了。

「是啊，傑伊。」校護說，並且直視著他的眼睛。「你的雙胞胎哥哥雷伊。」

雷伊睜大眼睛看著校護，心裡想到什麼就脫口而出：「我沒有哥哥叫雷伊。」

這是實話。

雷伊看著校護的臉，心裡很明白，這場遊戲結束了，是該說實話了，全部都說出來吧。

他深吸一口氣，說：「我才是雷伊。傑伊是我弟弟的名字。我是雷伊，不是傑伊。」

校護沒有被嚇到。她點點頭，但她不知道該不該相信。不過，她想要知道答案，所以繼續問：「那麼，從上個星期到今天，你弟弟傑伊在哪裡？」

「在這裡，在學校裡。」雷伊說：「但不是每天來，像今天就沒有來。我們輪流來上學，今天輪到他待在家。」

「你們的爸媽呢？」她問。

雷伊搖搖頭。「他們不知道這件事。不知道我們輪流上學和待在家裡的事。他們都在上班。」

校護站起來。「你留在這裡……雷伊。坐在椅子上。我馬上回來。」校護把耳機放在桌上，匆忙出去了。

雷伊沒有轉頭看她離開。雷伊知道她要去哪裡，一定是去辦公室找校長。下一個來的，一定就是校長。

但是雷伊並不擔心，因為遊戲終於結束了。過去那五個晚上，每到睡前他總是在想整件事要如何收尾。他想過所有的可能，也已經做好心理準備。

最後一個階段就要開始。雷伊感覺心裡有股舒暢的暖流流過。現在遊戲即將結束，很快的，生活會變簡單一點。雖然可能有點平凡，但是平凡也不錯，即使又會回到以前的雙胞胎狀態。

此時真的沒什麼好擔心的。從現在開始，一直到事情最後結束的那一刻，雷伊覺得他已經想到所有可能性，所以不會再有什麼讓人驚訝的事。

但是，他想的不完全正確。

21 大錯特錯

校長跟著校護一起回到保健室。雷伊並不意外，他只花了四分鐘就跟羅斯德校長解釋完整件事。其實事情很簡單，就是傑伊發現學校沒有雷伊的檔案，所以他們兩個很想試試，沒有和雙胞胎兄弟一起上學是什麼感覺。

校長說：「現在，我希望你明白，你們所做的事情很不對，而且非常危險。你們的爸媽以為你們兩個都好好待在學校，可是學校卻不知道原來你們是雙胞胎，甚至還有一個沒來上學，這根本是大

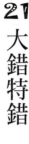

錯特錯。你們兩個一進塔福特小學就做了這樣的事，這實在不是一個好的開始。」

雷伊點點頭。

校長會這麼說，他一點也不驚訝。打從一開始，他和傑伊就很清楚這件事到最後會惹上什麼樣的麻煩，而且他們也知道一定會受到處罰，鐵定會。

校長繼續說：「傑伊，噢，不，雷伊，我剛剛已經打電話到你媽媽的辦公室，她讓我和卡帝芙護士開車帶你回家。十五分鐘後，我們會和你爸媽在你家碰面，還有你的雙胞胎兄弟。我們需要好好討論這件事。現在你還有什麼話要對我們說嗎？」

雷伊搖搖頭。「我……我只想說，對不起。」這是真心話。他們兩兄弟搞出來的事情有多嚴重，他現在才領悟到。然而，他沒料到的是，這件事不像他想的那麼簡單。尤其是在傑伊突然發起牛脾氣之後。

他們三人前往教職員停車場，雷伊走在卡帝芙護士和羅斯德校長中間，像個犯人一樣被護送著。他不禁想著：「唉，至少今天我可以不用上數學課了。」

22 失蹤

校長的車一轉進他家路口，雷伊就看到他家車道上已經停了那輛小廂型車，而且爸爸和媽媽就站在車道上等著他。校長的車開得愈近，爸媽的臉就愈清楚。

雷伊說不出話來。面對爸媽這一段，可一點都不好玩。

不過，最難受的事情一次來個夠，這樣比較好。「有點像是撕開膝蓋傷口上的OK繃，」雷伊告訴自己：「一口氣撕下來吧。」

校長把車停在小廂型車後，下了車，走過去跟雷伊的爸媽自我介紹。「我很遺憾跟你們第一次見面是在這種不愉快的情況下。」她說：「不過，一開始就先把事情攤開來談總是比較好。這位是卡帝芙女士，她是學校的護士。」

葛瑞森太太說：「我和我先生要謝謝你們幫忙處理這件事。我們進去坐下來談，好嗎？」

在這段短短的交談之間，雷伊就只是站在那裡，好像被排除在這一群大人之外。沒有人看他，也沒有人提到他。如果爸爸或媽媽對他皺眉頭，他還覺得比較好些。可是，他們卻當他不存在一樣。

他跟著爸爸和媽媽從廚房門進入家中，校長和校護跟在後面。葛瑞森太太向客廳喊著，聲音又大又尖銳：「傑伊，到廚房來，現在馬上來。」

雷伊沒有聽到電視聲，他走進客廳，把手放在電視機上。是冷的。「他可能去睡回籠覺了。」他心想。

所以他對著廚房喊：「媽，他可能在睡覺。我去叫他起來。」

可是雷伊到房間一看，兩張床都鋪得好好的，就是他們早上鋪好的樣子。

雷伊趕快跑下樓，他看著媽媽說：「傑伊一定是在車庫裡的秘密基地。」

雷伊帶著大人們走進車庫，一邊叫著：「喂，傑伊，大家都來了。每個人都知道了。你出來吧。」

沒有人回答。

雷伊說：「他可能是在裡面睡著了。」雖然他心裡並不這麼認為，但還是把入口的箱子搬開，鑽進去看看。同時，葛瑞森先生也把頂部幾個箱子搬下來。雷伊在紙箱堆裡往上一看，四個大人全都從上面探頭往下看。這時候，雷伊好像看到爸爸在笑，即使只是嘴角稍稍牽動了一下。雷伊看了看上面這四張愁眉苦臉，聳聳肩說：「他不在這裡。」

媽媽說：「那傑伊會在哪裡？雷伊？這不是好玩的事。他去哪裡了？」她的聲音聽來很緊張，而且有點發抖。

可是雷伊只能聳聳肩。「我不知道，媽。真的。他今天早上還很生氣，從我們昨天晚上打架開始，一直到早上都在生氣。可是我知道傑伊不會去做傻事，或者危險的事。」

雷伊的話才一說出口，馬上就後悔了。因為他看到媽媽的臉上除了害怕之外，沒有別的表情。他從沒見過媽媽這樣。每個人都屏住呼吸，好像快要斷氣了。

車庫裡立刻陷入沉默，時間彷彿自己停住，不敢再往前走。

就在這段沉默之中，一支手機的鈴聲響起。是一段響亮、活力四射的拉丁旋律。羅斯德校長的臉從蒼白變成微紅，她說：「是我的電話。對不起。」她走到車庫外面的車道上。

雷伊開始從紙箱堆裡爬出來，媽媽伸手出來扶住箱子。

雷伊一邊爬，一邊說：「我想，傑伊可能坐公車去動物園了，或是去克里夫蘭的搖滾名人堂博物館。我們有聊過那個地方。也可能他只是去公園走走而已。」他說著說著，突然明白自己這樣說，只是表示傑伊可能會在任何地方，但他們再也找不到他。

他爬出來站到媽媽身邊，一不留神，媽媽突然把他拉過來，緊緊抱著。

正當葛瑞森太太緊抱著兒子到幾乎不能呼吸的程度，校長的頭探進車庫裡說：「傑伊沒事，人找到了。」

23 實驗失敗

雷伊說的沒錯，傑伊的確是氣瘋了。

傑伊好生氣，氣到幾乎無法嚥下早餐的果汁。他跟雷伊一起出門，出去的時候完全沒有笑容，也沒有跟媽媽和爸爸說再見。雷伊往學校走的時候，傑伊也像平常一樣，鑽進車庫裡。

可是傑伊再也不想待在秘密基地裡痴痴等待。在一片黑暗中，他坐在搖搖晃晃的塑膠椅上，怒火中燒，對每一個人生氣。

傑伊氣雷伊把事情告訴梅麗莎，而且又不早一點說她已經知道了。雷伊和梅麗莎兩個還一起在背後笑傑伊，笑他假裝成雷伊的樣子。是他們兩個害他像個傻瓜一樣。

他也很想往梅麗莎的鼻子上揍一拳，因為她把這個秘密洩漏給她的朋友，害他被一群女生嘲笑。

他也氣爸爸媽媽，給他們兩兄弟取了那麼像的名字。這對他們兄弟一點好處也沒有，從來沒有。

傑伊還怨恨老天爺，為什麼要讓他有個雙胞胎兄弟。這實在太不公平了，一直被別人拿來比較，而且，往後一輩子都可能這樣比較下去。

不過，傑伊最氣的還是他自己，因為這是他起的頭，沒辦法怪別人。這是他出的主意，從一開始，就是他說服雷伊輪流去上學。

而現在呢，這一切就像自己吹氣球吹得太大，結果爆破在自己臉上。

這個所謂的實驗，本來是為了讓他和雷伊可以體驗到擺脫雙胞胎的感覺，擺脫一直被比較的宿命。但結果呢？實驗失敗，徹底失敗。他們以為這樣就可以完完全全做自己。「結果呢？」傑伊悶坐在秘密基地裡，嘲笑自己。「哼！想得美。」

很悲慘，這個實驗真的失敗了。他們不但不覺得自由，反而被困在一連串的謊言之中；他們不但沒有做成自己，還必須一直假裝成對方的模樣。

這實驗不會成功的，傑伊現在終於明白。他們居然笨到以為可以假裝成同一個人。他們是兩個人，兩個完全不一樣的人。本來就是，以後也會是，不管他們長得有多像。傑伊受夠了這一切，受夠了他的兄弟、他的爸媽、他的學校，也受夠了……女生。像梅麗莎那樣在背後笑他，還和一群女生吱吱喳喳地討論他。看來，他跟茱莉・帕克曼也沒指望了，也許跟鎮上所有的女生都沒指望。

於是傑伊等爸媽一出門上班就衝回家中。他到樓上房間，在背包裡塞進一些東西，一些錢、棒球帽、一件T恤、一雙襪子，還帶了媽媽做好的午餐盒。

接著他下樓，回到客廳，關掉電燈。傑伊從廚房門走出去，用力把門關上。

他頭也不回地離開了。

24 本尊現身

在九月這個溫暖的星期三早晨，傑伊離家出走。他準備到公車站搭車進城嗎？還是要走到四八〇號州際道路去搭便車，漫無目的只求離開這個地方呢？或是要往西邊走，一直走到爺爺奶奶在印第安那州的農場？

傑伊站在車道上，背著背包，這些想法都曾出現在他腦袋裡。不過，傑伊選了一個完全不同的目的地。

時間剛過十一點，傑伊去塔福特小學的辦公室報到。秘書很困惑地看著他，問他叫什麼名字。他說：「傑伊・葛瑞森。」這位才是真正的傑伊，傑伊・葛瑞森。秘書開給他一張遲到單，他必須拿給第一堂課的老師。

所以，傑伊走向數學教室。

往數學教室的路上，傑伊心裡已經想好要怎麼做。他打算直接走進去，走到雷伊坐的位置，大聲說得讓每個人都聽見：「我是傑伊・葛瑞森，你坐到我的位子了。起來，現在就起來。」

傑伊等著看這一幕。在茱莉面前，在每個人面前。所有同學都會驚訝地看著他們，兩個長得一模一樣的雙胞胎。就算是那些已經知道的人，也一定會嚇一跳。這必定會引起一陣困惑，接著校長會被找進教室，然後一切就結束，不必再假裝了。接下來呢？傑伊就不在乎了，一點都不在乎。會發生什麼事，他都不管了。

這就是為什麼當傑伊走進數學教室的時候，他會這麼失望的緣故。因為他的座位是空的，雷伊不在。他把遲到單交給佩爾老師，走到位子上坐下來。三十秒後，老師叫他上台，要他在黑板上示範怎麼找出一百二十八和四十二的最大公因數。傑伊別無選擇，只好一直跟著數學老師上課。

不過只要等雷伊回來數學教室，就是對決時刻。一定會精彩絕倫。傑伊等著看好戲。

可是傑伊不知道，當他離家去學校時，雷伊、卡帝芙護士和羅斯德校長正在學校停車場裡，準備開車去他家。

傑伊不知道的還有，他去辦公室報到後的兩分鐘，學校秘書就打電話給校長了。秘書的聲音聽起來很困惑。「校長，抱歉打擾妳了。可是剛剛妳和校護帶走的那個孩子，他又回來了，現在就在學校。我……我只是想告訴妳一聲。」

於是十分鐘後，校長和校護走路回學校，後面還跟著葛瑞森夫婦和他們的兒子雷伊。

兩分鐘後，六年級數學教室裡的廣播分機響起，學校秘書說：「佩爾老師？」

「什麼事？」

「請讓傑伊・葛瑞森現在到辦公室來。」

一分半鐘後，傑伊出現在大辦公室的桌子邊。秘書看到他，瞇起眼睛又仔細看一遍。然後她指著校長的辦公室，說：「進去吧。」

於是，傑伊打開門，走進去。

25 重新開始

校長室的空間並不大。傑伊到了之後，這個小辦公室裡總共有六個人：兩位是學校的人、兩位是家長，再加上一對雙胞胎。為了讓每個人都有位子坐，還另外搬了些椅子進來，於是校長室就顯得更加擁擠。

傑伊坐在唯一空著的位子上，就在雷伊旁邊。他坐下時，斜眼瞄了旁邊一下。他從雷伊臉上的表情就知道大事不妙。他們直挺挺坐在椅子上，兩張椅子緊靠在一起，傑伊的右手臂碰到雷伊的左手臂，雷伊立刻輕輕推他一下，傑伊則是用力繃緊肌肉回應，這一來一往，別人都看不出來，只有他們兩個心裡明白。這對雙胞胎以這種方式悄悄溝通。傑伊還在生氣，可是現在要面對的事，比他心裡的怒氣嚴重得多。他們兩人現在在同一條船上，肢體的接觸讓他們都稍感安慰，卻也沒有持續多久。

校長輕咳一聲，很快地環視每個人。「好，現在我們都在這裡了。首先我要說，我和卡帝芙護士，以及塔福特小學裡所有的教職員都很難過這件……這件事發生。我在這裡當了九年校長，之前當數學老師七年，從來沒有看過這種……這種事發生。從來沒有。」

卡帝芙護士立刻補充說：「當然，我們也很高興這件事沒有造成任何不幸，兩個孩子都安好，這一直都是我們最重視的事。我們希望每個孩子都安全，受到照顧，以及受到監督。我們很認真地看待這個責任。」

校長對校護說的話點點頭，接著繼續說：「當然，我們需要跟這兩個孩子以前在科羅拉多州就讀的學校聯絡，確定他們寄過來的學生檔案是完整的。因為他們送文件過來的方式，已經造成了我們的困擾。我們這裡的學區委員會也會重新檢討轉學生的註冊程序，以免將來同樣的事情再次發生。」

羅斯德校長停下來，又輕咳了一聲，向雷伊和傑伊瞥了一眼，說：「而且，我們也必須對這兩個學生做出適合的……處置方式，因為他們逃學了好幾天。這個部分，我跟督學討論後會做出決定。我們也許會考慮停學，也許是兩個人都必須停學。」

校長一說出「停學」這個詞，傑伊和雷伊兩個人都震了一下。停學是指有一段時間不能來學校上學，由家長帶回家管教。這個處罰很嚴重，會在他們的就學記錄上留下汙點，永遠的汙點。

「您打算跟督學討論？」葛瑞森先生問：「那這件事不就公開了嗎？這件事如果由學校自行處理，不是比較好嗎？」

校長說：「這件事很嚴重，所以處置方式也要很重才行。這樣是合理的。」

葛瑞森太太點點頭，說：「這一點我們知道，校長。但我想解釋一下我先生的意思。您或許知道，我和我先生都在保險公司工作。我是負責理賠分析，就是研究理賠案件，看看是不是可能有詐領保險金，或者任何不誠實、不尋常的地方。我先生是負責理賠協調，要出去訪視與案件相關的人，他的工作有點像調查員。我想他要表達的是，能不能用比較單純的方式來處理後續的事，畢竟目前的狀況已經很複雜了。」

葛瑞森先生點點頭，說：「是的，找了督學之後，您可以想像本地的報紙頭條會怎麼寫嗎？『塔福特小學少收一名六年級生，長達一週！』這樣不好，對學校名聲不好，對我們家也不好。」

爸爸講話時，傑伊感覺到雷伊用手臂推他，而且是一直施力。傑伊也推回去。這一來一往的意思是說：「你聽出來了嗎？爸爸好像快要跟人家吵起來了，他在維護我們！」

葛瑞森先生轉向校護，繼續說：「您剛剛提到，學校方面很慶幸兩個孩子都沒有受到傷害。這一點，我跟我太太也很慶幸。我們很高興兩個兒子都平安無事，也很高興不用請律師介入這件事。」

校長瞇起眼睛，說：「我不確定我是否聽懂了您的意思，葛瑞森先生？」

傑伊也聽不懂，雷伊也是。因為他們兩個都沒聽過爸媽這麼嚴肅地跟其他大人講話。也許只是因為他們以前根本沒有注意聽。不過他們現在聽得可認真了，坐著一動不動，大氣不敢吭一聲。校長和爸爸兩方針鋒相對，他們兩個也隨著雙方的言詞，用手臂互碰對方。現在很清楚有敵方陣營和我方陣營，像打仗一樣。

葛瑞森先生看著校長的眼睛，說：「我的意思是，我希望您能把對他們兩個的處罰，留給他們的媽媽和我來做。他們說謊、逃學，這些都是錯的，我們在家裡一定會處罰他們，這一點我可以保證。但是在學校，我真的覺得比較好的方式是讓他們繼續在學校裡唸書，盡快度過這次的……事件。就從今天開始。」

校長皺著眉頭說：「他們違反很多條校規，這樣會……」

葛瑞森先生打斷她的話，說：「沒錯，但是就我看來，雷伊和傑伊之前的學校的確把兩份檔案都寄給貴校了，不是嗎？」

羅斯德校長點點頭。葛瑞森先生繼續說：「而貴校卻誤看成一份，因此少收了一個學生，對不對？」校長再次點點頭。葛瑞森先生現在講話態度已經愈來愈像法庭裡的檢察官。他說：「這兩個孩子鑽漏洞逃學，的確非常不可取。但是學校出錯在先，才會讓事情演變至此。這就是我的重點。這甚至可以說是學校的行政疏失，但是行政疏失是個讓人不舒服的名詞，一個法律名詞，所以我想我們還是把整件事情當作是一個意外失誤，只去更正它，重新開始。」

話剛講完，傑伊舉起手。

所有人都轉頭看著他。校護說：「什麼事，雷伊？」

傑伊說：「我是傑伊。」

校護說：「噢，對不起。雷伊是臉上有瘀青的。你想補充什麼嗎，傑伊？」卡帝芙護士很高興傑伊插話進來，因為葛瑞森先生和校長之間的對話，已經快要擦槍走火。看看羅斯德校長的眼睛就知道，她的眼睛快要冒出火來了。

傑伊也感覺到氣氛不妙，他覺得自己應該對這個超級大麻煩負起責任。他對校護點點頭說：「我想說，這整件事都是我的主意。是我想要試試看，如果不當雙胞胎來上學是什麼滋味。真的很抱歉，整件事都是我的錯，所以只要處罰我一個就好了。」

雷伊搖搖頭說：「這件事我也有份，所以我也有錯啊。而且我也跟你一樣覺得很抱歉，我也應該受到處罰。你不要把事情都攬到你一個人身上好嗎？」

在一瞬間，幾乎像是本能一樣，傑伊迅速轉身，出拳打在雷伊肩膀上。這拳打得很用力。

校護猛吸了一口氣。

葛瑞森太太喊出：「傑伊！住手！」

半小時前的那股怒氣現在跑回來了，傑伊的情緒爆發。「媽，妳根本不知道我是不是傑伊！沒有人知道！除了他之外，」他用手指指著雷伊，「沒有人真的在乎我們誰是誰。我們就是『那對雙胞胎』。我實在受夠了！」

葛瑞森太太眼裡注滿淚水。「怎麼會？我們當然在乎你是誰，寶貝，你們兩個都是。我們知道你們誰是誰……我們知道的。」

「是嗎？」傑伊脫口而出：「妳知道上星期四待在家裡的那個是我，而不是雷伊嗎？不知道。星期五我們去購物中心，我穿著雷伊的運動服，戴他的帽子和太陽眼鏡。那是我，妳根本不知道。星期六下午，如果不是雷伊耍笨，去溜冰的就會是我，妳也不會猜到那是我。妳根本就不會知道，除非檢查腳踝。」

卡帝芙護士說：「檢查腳踝？」

葛瑞森先生點點頭。「雷伊的右腳踝有一顆痣。」

卡帝芙護士暗中把這件事記在心裡，也許以後會派上用場。

小小的校長室裡一片安靜，葛瑞森太太抹著眼淚，面紙是校長遞給她的。剛才由大人們引發的戰火，現在已經澆熄，因為大家轉而關心起這兩個男孩。而且，他們也很好奇。

因為卡帝芙護士和羅斯德校長以前從未碰過和雙胞胎有關的事。而雷伊和傑伊的爸媽呢？他們也產生一些新的觀點。

卡帝芙護士覺得，現在是以調停者身分介入的好時機。這是她的強項之一。她對傑伊微笑，也對雷伊微笑。「我剛剛聽你說的意思是，你們兩個這麼做，是想解決一直被別人搞混、一直無法凸顯自己的問題，是不是？」

兩個男孩都點點頭。傑伊說：「對啊。永遠都是那樣。」

「而你們兩個也知道，你們選擇的這個方式並沒有幫助，也不誠實，對不對？」校護問。

兩個男孩又再次點點頭。

卡帝芙護士繼續說：「嗯，不管我們旁邊這些人怎麼做，這些問題並不會真的遠離，因為你們兩個必須學著去處理，盡你們所能地去解決。你們也明白這一點，是嗎？我知道你們懂的。或許學校可以幫點忙。你們要不要想一想，有什麼是學校可以幫忙的？」

傑伊馬上就說：「我們可以不要跟同一個導師嗎？」

雷伊點點頭。「對啊，這樣比較好。」

校長說：「這馬上就可以辦到。而且，我想應該也可以讓其他所有的課都盡量不要同班，這樣好不好？」

更多點頭同意，這回連爸媽都一起點頭了。

卡帝芙護士停頓一下，因為她希望接下來的這段話，能讓事情往好的方向發展。既不能像個校護，也不能像個老師，更不是像個家長。她想要像個朋友一樣對這兩個男孩講話。她看著兩個男孩說：「你們知道嗎？如果想要解決這個問題，大部分的工作要由你們來做，不是我們。我們很願意幫忙，但你們要對我們有點耐心，幫忙我們一下。我知道你們兩個是不同的，因為世界上沒有哪個人會跟別人一樣。你們必須幫助我們認識你們的不同處，好不好？還有，你們彼此也要對對方有耐心一點，好嗎？」

雷伊和傑伊看一看對方，互傳了一個只有他們倆才看得到的信號。他們同時轉向校護，點點頭說：「好。」異口同聲。

校長面向葛瑞森夫婦，說：「我想，你們剛提出的處理方式是對的，我們要讓孩子在學校上學，繼續他們的學習。我要謝謝你們的體諒，體諒學校的失誤。」

兩個家長點點頭，微笑著。葛瑞森太太說：「也要謝謝您。我們完全不想刁難學校，真的。我們只是想找到最好的方式來對待我的雙胞胎兒子……我是說，對雷伊和傑伊。」

羅斯德校長點點頭，說：「這也是我們所想的。」

所有的大人突然都表現得很好。就像是暴風雨過後的晴天，兩個男孩都感覺到了。雷伊偷偷瞄了傑伊一眼，傑伊也正在瞄他，兩個人都看到彼此輕鬆下來的表情。他們很快地別過頭、轉開眼睛，因為現在不是笑的時候。不過至少在這個時刻，他們知道最糟的已經過去了。

接下來的十分鐘是一陣忙亂，校長跟學校秘書討論如何把雙胞胎的課盡量排在不同班。

既然傑伊的名字已經在導師藍老師的名單中，比較適當的方式似乎是讓傑伊繼續留在這一班，而把雷伊編在艾伯特老師那一班。

這樣一來，傑伊的課表就會跟現在一樣，而雷伊會完全不同。雷伊本來不喜歡這樣的安排，因為這表示自然課和梅麗莎同組的還是傑伊，不過他沒說什麼，反正另一班一定也有不少可愛的女生啊。雷伊還覺得是自己佔了便宜呢，因為他得到一個全新開始的機會，以自己的名字——雷伊・葛瑞森。他會有專屬的置物櫃，就在六年級大樓另一邊，而且，他這輩子都不用再假裝喜歡踢足球。

排課排到最後，兩個男孩唯一必須一起上的是體育課，還有全六年級的午餐時間。不過他們當然可以不必坐在一起吃午餐，除非他們自己願意。

而今天要交的那份社會科作業呢？會由傑伊交出去，因為大部分都是他做的，雷伊可以延後一週交這份作業。

兩份課表都排好後，羅斯德校長說：「傑伊，你就從這裡直接去社會科教室上課。拿著這張上課遲到單吧。」

她轉向雷伊，說：「你現在要去美術教室，雷伊。這是給朱老師的字條，上面說明你從現在開始會在這班上課。另外，這是你的課表，你必須去跟每一科的老師拿課本。」她停頓了一下，看著兩個男孩。「現在，就看你們了。我希望接下來這一年，再聽到你們的消息時，都是好事。這樣你們了解嗎？」

兩個男孩都點點頭，說：「是的，校長。」又是異口同聲。

在他們離開辦公室前，媽媽分別抱了雷伊和傑伊，很久很久。媽媽又快哭了。

他們倆分別跟爸爸用力握了手，也稍微抱了一下。爸爸沒哭，完全沒哭。但從爸爸的眼神裡，雷伊和傑伊明白，爸爸剛才跟校長說的話絕對不是在開玩笑。他們在家裡絕對會受到處罰。

不過，那是之後的事了。好幾個小時後他們才會再度面對爸爸，所以立即威脅的程度趨近於零。

兩個男孩一起離開辦公室。他們走出去十步後，雷伊回頭看。

傑伊說：「有人跟著我們嗎？」

雷伊說：「沒有。媽媽在看著，不過沒人跟來。門口沒人。」

傑伊說：「讚。」

他們兩個並肩走著，都沒說話，就這樣一直走到兩條走廊交叉的地方。他們停下來，看著對方一、兩秒，這次不再像照鏡子了，完全不像。他們同時笑了。

「很驚險的一週吧？」雷伊說。

傑伊點點頭。「絕對驚險。喂，茱莉・帕克曼應該在你的美術課教室裡。幫我跟她打聲招呼，可以嗎？」

雷伊笑了。「包在我身上。你今天下午看到梅麗莎的時候，做你自己就好了，可以吧？她覺得你很可愛。笨得可愛。」

傑伊忍住想打他一拳的衝動，大笑了起來。「笨得可愛。我覺得這樣很不錯啊。好啦，祝你上課愉快，也許午餐時見吧。」

雷伊點點頭。「好。也許到時候見吧。」

傑伊轉頭沿著走廊走到社會科教室，雷伊則走向美術教室。

他們各自往相反方向走了十五秒鐘之後，又轉頭看看對方。不約而同。

他們同時笑一笑，點點頭，繼續往前走。

國家圖書館出版品預行編目資料

完美替身／安德魯．克萊門斯（Andrew Clements）文；周怡伶譯 .-- 二版 .-- 臺北市：遠流出版事業股份有限公司 , 2023.01
面；　公分 . --（安德魯．克萊門斯；8）
譯自：Lost and Found
ISBN 978-957-32-9926-4（平裝）

874.57　　111020323

安德魯．克萊門斯❽

完美替身

Lost and Found

文／安德魯．克萊門斯　譯／周怡伶　圖／唐唐

執行編輯／林孜懃　內頁設計／丘銳致　出版一部總編輯暨總監／王明雪

發行人／王榮文
出版發行／遠流出版事業股份有限公司　104005臺北市中山北路1段11號13樓
電話：(02)2571-0297　傳真：(02)2571-0197　郵撥：0189456-1
著作權顧問／蕭雄淋律師
輸出印刷／中原造像股份有限公司
□2010年1月1日　初版一刷　□2023年1月1日　二版一刷

定價／新臺幣300元（缺頁或破損的書，請寄回更換）

ISBN　978-957-32-9926-4
YLib 遠流博識網 http://www.ylib.com　E-mail:ylib@ylib.com
遠流粉絲團：http://www.facebook.com/ylibfans